I0598077

Evelyn Kaltenbach

Das Zimmer zum Park

Roman

Für meine Kinder Melanie, Patrick und Pascal

Und in Erinnerung an Giorgio Rocco

Weitere Bücher von Evelyn Kaltenbach (englisch)

Beyond the Blue	2000	Roman
Between the Moon	2009	Gedichte
Meanderings of the Soul	2010	Gedichte & Fotografie
Wings of Friendship	2013	Gedichte & Fotografie
Never Trust a Sagittarius	2014	Kurzgeschichte
Broken Open	2018	Gedichte & Fotografie
Limlight	2020	Gedichte & Fotografie
Ode to Life	2023	Gedichte & Fotografie
Hotel Silvretta	2023	Roman (Englische Ausgabe von *Das Zimmer zum Park*)

Das Zimmer zum Park

Roman

Printed and distributed by Lulu Press Inc., www.lulu.com

ISBN 978-3-033-09663-9

When we step back
from our ordinary view
the world reveals
the big picture

We begin to see
with eyes wide open
how magnificent
how fragile
how mysterious
our lives are

And we finally
catch a glimpse
of the grandeur
of the universe

— Maja Rim, Collected Poems

Ouverture

Februar 2022

800 Jahre Klosters. Natalie wollte eigentlich nichts damit zu tun haben. Sie fühlte sich wohl in ihrer schönen, hellen Wohnung an der Grellingerstrasse in Basel. Sie hatte ihren kleinen, engen Freundeskreis und eine erfüllende Freiwilligenarbeit beim Tierschutz. Trotzdem. Natalie wurde in diesem Jahr 70. Und sie hatte Klosters seit fast 50 Jahren nicht mehr besucht.

Klosters. Das hübsche Dorf im oberen Prättigau war ihr zutiefst ans Herz gewachsen. Natalie hatte die besten Jahre ihrer Jugend dort verbracht, zu allen Jahreszeiten. Sie erinnerte sich noch genau an die Reihenfolge der Ortschaften, wenn sie per Auto oder mit der Rhätischen Bahn das Prättigau hoch fuhren: Seewis, Grüsch, Schiers, Jenaz, Fideris, Küblis, Saas, Serneus, Klosters-Dorf und endlich Klosters-Platz. Es war für sie immer ein Ankommen, ein Heimkommen. Ein inneres Gefühl von prickelnder Seligkeit.

Klosters. Natalies Papi erzählte jeweils stolz, dass Klosters in den 50er Jahren sich den Namen «Hollywood on the Rocks» erworben hatte. Damals traf sich die Crème de la crème von Filmstars, Schriftstellern und Angehörigen von Königsfamilien: Gene Kelly, Audrey Hepburn, Julie Andrews, Rex Harrison, Peter Sellers, David Niven, Paul Newman, Deborah Kerr, Irwin Shaw, Lex Barker, Greta Garbo, Yul Brynner, Françoise Sagan, und später Prince Charles und Lady Di.

Papi wusste, dass Gene Kelly auf den Tischen in der Chesa Grischuna getanzt hatte. Dass Deborah Kerr in Klosters mit Peter Viertel vermählt worden war. Dass Irwin Shaw viele seiner Romane in Klosters geschrieben hatte, auch im Silvretta. Dass Roger Vadim per Helikopter in Klosters gelandet war. Dass Ruth Guler im famosen Wynegg die Prominenz mit eiserner Hand regiert und mit Bergcharme bedient hatte. Und dass Prince Charles ein grossartiger Skifahrer war.

Klosters. Gemäss der 800 Jahre Jubiläums-Website wurde im Jahr 1222 die Kirche St. Jakob erstmals in einer Urkunde erwähnt und vermutlich alsbald von Mitgliedern des Prämonstratenser Ordens zu einem Kloster erweitert. Somit gilt 1222 als Gründungsjahr von Klosters. Noch im selben Jahrhundert tauchten die ersten Walser Siedler im Gebiet des Kloster St. Jakob auf. Natalie liebte die sonnenverbrannten Walser Häuser in Klosters, Selfranga und Monbiel, die auch heute noch bewohnt und deren Fenster im Sommer mit einer Fülle von roten, weissen und rosa Geranien geschmückt sind.

Klosters. Bereits in den 70er Jahren des 19. Jahrhunderts wurde Klosters verschiedentlich als Luftkurort erwähnt. Josias Mattli, der Gründer der Kuranstalt J. Mattli – Hotel Silvretta und Kurhaus, war einer der grössten Initianten des Sommerkurorts Klosters. Am 9. Oktober 1889 wurde zudem die Teilstrecke Landquart-Klosters der Rhätischen Bahn (die damals noch Landquart-Davos-Bahn hiess) eröffnet. Somit wurde Klosters auf schnelle und angenehme Weise erreichbar. Bereits in den

Anfangsjahren des 20. Jahrhunderts öffneten sowohl das Hotel Silvretta wie auch das Hotel Vereina ihre Türen für Wintergäste.

Das alte Hotel Silvretta in Klosters war Natalies Refugium. Es hatte Charme und Tradition. Sie kannte die Réception, den Speisesaal, die Bar, das Haupthaus und das Kurhaus, den Hübel und den Sunny Corner, das Spielzimmer und den prächtigen Park mit den Tennisplätzen besser als ihr Zuhause in Basel. Im Silvretta hatte sie auch Roman kennengelernt. Roman Camenisch, Kellner. Und so vieles mehr.

* * *

An diesem kühlen Februarmorgen im Jahre 2022 rief Natalie das (neue) Hotel Silvretta in Klosters an. Sie hörte eine freundliche Stimme am anderen Ende des Drahtes:

«Silvretta Parkhotel Klosters, einen recht guten Morgen. Mein Name ist Anja, wie kann ich Ihnen behilflich sein?»

«Guten Morgen. Mein Name ist Natalie Steiner. Ich möchte gerne das Zimmer 408 für zwei Wochen im Februar buchen. Wann wäre es frei?»

«Frau Steiner, eigentlich wäre Zimmer 408 bis Ende März ausgebucht. Es ist beinahe nicht zu glauben, aber ich habe vor einer halben Stunde eine Absage für 408 erhalten, und zwar für folgende Daten: Samstag, 12. Februar bis Samstag, 26. Februar. Würde dies passen?»

Das war das Zeichen für Natalie. Zimmer 408 wurde mit einer grossartigen Aussicht auf den schönen Park und den fernen Silvretta Gletscher angepriesen. Und das Zimmer war eben erst frei geworden. Natalie hatte in den vergangenen Jahrzehnten gelernt, dass es meist richtig war, solchen sogenannten Zufällen Beachtung zu schenken. Sie buchte.

Teil Eins – Hotel Silvretta

1

Das lächelnde, sonnenverbrannte, runzlige Gesicht von Stefanos löste sich langsam in einem vom Meer heraufziehenden Nebel auf.

Natalie erwachte in ihrem wohlig warmen Bett. Es roch nach Arvenholz. Sie drehte sich auf den Rücken, um die ersten Sonnenstrahlen zu erhaschen, die das Zimmer 408 durch die offenen Vorhänge erhellten. Christian Erpenbeck, der charmante Besitzer und Direktor des Hotels nannte es «Das Zimmer zum Park», weil es wirklich direkt auf den Park des Silvretta blickte. Dazu sah sie im Hintergrund das gleissende Weiss des Gletschers.

Natalie liebte ihren Onkel Stefanos über alles. Er war weit mehr als ein Onkel für Natalie. Er war eine unerschöpfliche Quelle von Weisheit, Güte und tiefem Verständnis. Was hatte er in ihrem Traum gesagt?

Stefanos war zwar vor bald 20 Jahren gestorben, aber er war ihr immer präsent wie ein sanfter, flüsternder Wind. Bis heute trug Natalie die Erinnerung an ihn und ihre Liebe zu ihm als kostbaren Schatz in ihrem Herzen.

Langsam und ein bisschen neblig kam die Erinnerung an ein paar Traumfetzen zurück. Stefanos hatte ihre Hände gehalten… sie waren irgendwo auf der Insel Nisyros, wo er wohnte… ganz oben auf dem Berg bei Nikia. Sie sah seine dunkelblauen Augen mit dem durchdringenden, herzenswarmen und in die Seele schauenden Blick. Und sie hörte seine dunkle, weiche Stimme:

«*Agapiméni mou, my sweetheart. In diesem Universum geht nichts und niemand je verloren. Schau weiter, hinter die Bilder, die du siehst. Denke tiefer als deine Gedanken. Horche über die Worte, die du hörst, hinaus. Erinnere dich an das, was du seit jeher weisst….*»

Da endete der Traum. Er hatte ihr die gleichen Worte vor vielen Jahren in einem Brief aufgeschrieben. Natalie konnte sich nicht entsinnen, was Stefanos noch gesagt hatte.

Die helle Wintersonne vergoldete das Zimmer, und Natalie stand auf. Sie öffnete das Fenster weit, um die herrlich frische Bergluft hereinzulassen. Es roch nach Holzfeuer, erstklassiger Hotelküche und Schneeluft: über Nacht hatte es geschneit. So hatte Klosters immer gerochen, so herrlich frisch und heimelig zugleich.

Ganz hinten, am Ende des Tals, glänzte der Silvrettagletscher in strahlendem Weiss. Die Tannen trugen ihr glitzerndes Winterkleid unter einem kitschig blauen Himmel. Willkommen in Klosters!

Bei starkem Kaffee und knusprigen Gipfeli im ebenfalls in Arvenholz gekleideten Frühstückssaal schaute Natalie sich die Broschüre des 800 Jahre Jubiläums von Klosters an. Titel: Walserstolz und Weltgeschichten. Es gab so viel zu sehen und zu erleben in diesem Jahr. So viel Geschichte und Geschichten kennenzulernen. Sie hatten sich Mühe gegeben, die Klosterser, etwas Besonderes auf die Beine zu stellen.

Heute wollte Natalie jedoch nicht in den Rummel. Sie musste alleine sein. In ein paar Tagen, am 18. Februar, war die Demoshow der Skischulen auf Selfranga. Da würde sie wahrscheinlich hingehen. Heute aber gedachte sie, nach Monbiel zu fahren. Das hinterste Dörfchen im Prättigau war eine alte Walser Siedlung und eigentlicher Zugang zum beeindruckenden Silvrettamassiv.

Zurück im Zimmer, wollte sie sogleich ihre warmen Wintersachen anziehen, doch ihr Blick wanderte zu einem der Notizbücher von Roman, das aufgeschlagen auf dem Arvenholz-Nachttischchen lag. Er hatte seine Überlegungen, Gedanken und auch ein paar Gedichte in diesen kleinen, braun-beigen Notizbüchlein mit Bleistift oder schwarzer Tinte aufgeschrieben. Natalie setzte sich aufs Bett und begann zu lesen:

14. Februar 1968

Es gibt Dinge, die mich in einer Weise beschäftigen, dass ich nicht mehr schreiben kann. Dinge, die so banal sind, dass sie mir meine Träume verdrängen. Und doch Dinge, die das Leben ausmachen. Sagt man. Denn so will es die Ordnung.

Und gerade das macht mir zu schaffen: unsere Ordnung, unser Schema. Das Müssen und Sollen. Die Regeln der Gesellschaft. Und die Gesellschaft selbst.

Immer wieder ist es dasselbe. Es wirkt schon langsam abgedroschen und ermüdend. Dieses ewige Wiederkehren meiner Unzufriedenheit mit dem Leben, das ich führe. Der Wunsch nach Ausbrechen ist oft überwältigend. Schon hundertmal habe ich darüber geschrieben. Es ödet mich selber an, schon wieder die gleichen Gedanken festhalten zu wollen.

Es ist nach Mitternacht und ich sollte schlafen. Damit ich morgen erneut arbeiten kann. In diesem schönen, luxuriösen Hotel. Wofür? Schon wieder ein Schema: Man geht arbeiten. Für andere. Man verdient dabei Geld. Das reichte eigentlich schon. Doch dann kommt noch das Denken der andern dazu. Es tut weh, ihren leeren Worten zuzuhören. Es widert mich an, wenn sie nur über Autos, Mode, Sex, Geld, Partys, Prestige, Fernsehen und Fortschritt sprechen.

Und da bin ich drin. Mittendrin. Unbarmherzig mitgezogen worden. Nein, das stimmt nicht ganz: ich bin freiwillig mitgegangen. Ich träume vom Wegkommen. Nicht erst seit heute. Von Freiheit. Vom Sprengen dieser Fesseln. Weg aus diesem Land, diesen abgestandenen Regeln. Als ich ein Kind war, erschien mir die Welt rein und strahlend. Was ist passiert?

Und doch handle ich nicht. Ich stehe still. Ich öffne die Tür nicht. Das ist es, was mich verwirrt. Was mir Rätsel aufgibt. Die ich erst mit Schreiben lösen kann. Weil ich erst dadurch erkenne, was mich beschäftigt.

Dann weiss ich wieder, dass ich bin, so wie ich bin. Dass ich eine Wahl habe. Dass ich die Tür bloss aufstossen muss. Dass ich das auch kann. Und tun werde. Wenn ich in der Dunkelheit alleine unter der Unendlichkeit des Sternenhimmels stehe – dann weiss ich, dass alles möglich ist.

Natalie kannte Roman so überhaupt nicht. Beinahe verzweifelt, sogar wütend. Er hatte ihr das nie gezeigt. Sie blieb auf dem komfortablen Bett sitzen. Die Bilder ihrer Jugendjahre begannen wie kleine Filme abzulaufen. Langsam und trotzdem eindringlich, in intensiven Technicolor Farben.

2

Dezember 1968

Natalie, ihre Schwester Margo und ihre Eltern hatten es nach fünf Stunden Autofahrt geschafft, endlich in Klosters anzukommen. Papis schicker Chrysler hatte sich zögernd aber stetig durch den Schnee gepflügt, und so stand er jetzt auf einem Parkfeld vor dem Hotel Silvretta. Natalies Herz hüpfte wie immer, wenn sie endlich da waren. Seit acht Jahren besuchten die Steiners das malerische Klosters, und das mehrmals pro Jahr, und natürlich stiegen sie jedes Mal im Silvretta ab.

Laut Papi wurde das Hotel Silvretta bereits im Jahr 1870 von Josias Mattli gegründet. Anfang des 20. Jahrhunderts wurden ausgedehnte Erweiterungen und Umbauten vorgenommen. Auch die markanten Arkaden an der Front des Silvretta, durch die Natalie eben ins Hotel hineingegangen war, wurden zu jener Zeit gebaut.

Hinter dem Tresen im herrlich warmen, gemütlichen Eingang stand wie immer der Concierge, Herr Manser. Natalie liebte den kleinen, rundlichen Mann mit dem schütteren grau-schwarzen Haar und dem dünnen schwarzen Schnurrbart. Er lächelte unentwegt, wenn er mit einem Gast sprach. Und er trug eine wunderbare altmodische, goldene Taschenuhr mit Kette in der kleinen, linken Westentasche. *Wie im Film,* dachte Natalie.

«Natalie, Margo, es ist bereits 18 Uhr 18. Los, aufs Zimmer und umziehen, um 19 Uhr gibt es Abendessen.» Das war die Stimme von Mama, Denise Steiner. Gross, schlank, blond, elegant und streng. Papi, Dr. Kurt Steiner, konnte auch streng sein, aber er war oft nachsichtig mit seinen Töchtern. Und das Zwinkern in seinen grauen Augen verriet seine wahre Natur.

«Ich weiss nicht, was ich anziehen soll, Margo…»
Natalie stand vor ihrem noch nicht ganz ausgepackten Koffer. Margo war zwei Jahre jünger als Natalie, sie hatte gold-blondes, halblanges Haar, helle Augen und eine süsse Stupsnase. Natalie empfand sich

selbst immer als etwas derber und robuster als ihre Schwester, in jeglicher Hinsicht. Sie betrachtete sich im grossen Spiegel:

«Margo, meine Haare sind zu wild mit diesen Locken und ich glaube, ich habe zugenommen.»

«Ja, ja, Natalie, mach jetzt vorwärts. Mama wartet bestimmt schon.» Margo war Mamas Liebling.

Mama und Papi setzten sich nach dem Abendessen in die Bar, wo es nach Zigarettenrauch und Leder roch und der Klavierspieler seine ewig gleichen, für Natalies Ohren schmalzigen Lieder spielte.

«Hast du den neuen, jungen Kellner gesehen, Margo? So ein hübscher Kerl! Dieses verschmitzte Lächeln aus seinen haselnussbraunen Augen…»

«Also wirklich, Natalie, der ist doch viel zu jung für dich!»

«Vielleicht... Aber er ist süss und interessant, irgendwie anders. Hmm.., eigentlich glaube ich, dass er älter ist. Das muss ich Maja erzählen.»

Natalie und Margo waren im Spielsalon angekommen, wo sich die jugendlichen Gäste meistens am Abend trafen. Sogar die jungen Roccos, die beiden Töchter und der Sohn der Besitzer des Silvretta, waren oft da. Es gab Flipperkästen und einen «Töggelikasten» und - ganz wichtig! - eine Jukebox.

Bee Gees und Beatles, CCR und Rolling Stones, Procol Harum und Donovan, Beach Boys und Moody Blues. Es war eine tolle Auswahl von Popmusik. Margo und Natalie liebten die Bee Gees – Massachusetts, To Love Somebody, First of May, und alle anderen Songs auch. Natalies Lieblingsstück jedoch war San Francisco von Scott McKenzie. Dort wollte sie hin, dort wo die Hippies waren. Aber sie wusste, dass ihre Eltern das nie erlauben würden.

3

Anfang Juni des folgenden Jahres verkündete Mama:

«Diesen Sommer fahren wir nur für drei Wochen nach Klosters. Onkel Stefanos hat uns nach Nisyros eingeladen. Und falls ihr nicht wisst, wo das ist: es ist eine kleine Insel im Mittelmeer in der Nähe der Insel Kos; beide gehören zu den griechischen Dodekanes Inseln.»

«Wer ist denn Onkel Stefanos?» wollte Natalie wissen.

«Onkel Stefanos ist einer der besten Freunde von Papi. Er ist nicht blutsverwandt, aber trotzdem gehört er zur Familie. Du wirst ihn gern haben, Natalie. Er ist sehr naturverbunden und ein Freigeist wie du.»

«Und ich?» Margo fühlte sich anscheinend in den Hintergrund gedrängt.

«Du wirst ihn auch mögen, Margo. Onkel Stefanos liebt Kinder und kann wunderbare Geschichten erzählen.»

Natalie wollte eigentlich lieber sechs Wochen im Silvretta in Klosters verbringen. Sie hatte herausbekommen, dass Roman, der hübsche junge Kellner, auch im Sommer dieses Jahres wieder dort sein würde. Ihr 17. Geburtstag war am 12. Juni. Da hatten die Schulferien natürlich noch nicht begonnen. Aber sie konnte ja im Juli in Klosters nachfeiern.

«Aber Mama, was sollen wir denn auf einer griechischen Insel mit einem Onkel, den wir gar nicht kennen?» Natalie war nun doch etwas aufgebracht.

«Natalie, dieses Jahr besuchen wir Onkel Stefanos. Punkt. Papi wollte endlich wieder mal nach Nisyros. Und wir fahren ja trotzdem für ein paar Wochen nach Klosters.»

Natalie brummelte irgend etwas und Margo schüttelte den Kopf. Manchmal war es wirklich mühsam, jeweils das tun zu müssen, was die Eltern wollten.

* * *

Denise Steiner, Gattin des anerkannten und angesehenen Advokaten Dr. Kurt Steiner in Basel, hatte sich die Reise nach Nisyros ohne ihre Töchter vorgestellt. Kurt hingegen insistierte: «Natalie und

Margo müssen mit von der Partie sein; vor allem, weil Stefanos ausdrücklich darum gebeten hatte.»

So musste Denise gute Miene zum bösen Spiel machen, was ihr nicht leicht fiel. Sie konnte sich vorstellen, dass es eine Herausforderung sein könnte für zwei Teenager wie Natalie und Margo auf einer kleinen griechischen Insel mit einem schrulligen, älteren Kauz. Und wer musste dann für Frieden sorgen? Ja, sie, Denise, die Mutter. Mit Kurt sprach sie jedoch nicht über ihre Gedanken.

Denise hatte Kurt in Basel an der Uni kennenglernt. Er war gross und schlank, hatte dunkles, kurzgeschnittenes Haar und ein bezauberndes Lächeln. Er war 25 und bereits am Ende seines Jura-Studiums. Denise war mit ihren 19 Jahren tief von ihm beeindruckt. Sie kam aus bescheidenen Verhältnissen, Mutter und Vater stritten sich oft, und Denise wollte nichts wie weg von zuhause. Sie hatte Glück: Kurt fand sie hinreissend, und machte ihr schon nach einem halben Jahr Händchenhalten einen Heiratsantrag. So wurde sie zu ihrer grossen Freude und bevor sie 20 Jahre alt war Frau Dr. Steiner.

* * *

Natalie und Maja waren am Telefon:

«Maja, also das glaubst du nicht. Wir werden bloss drei Wochen nach Klosters fahren. Und die anderen drei Wochen fliegen wir auf eine griechische Insel, ich glaube sie heisst Nissiros, oder so was, wo ein alter Freund von Papi lebt. So ein Mist!»

«Bist du von allen guten Geistern verlassen, Natalie? Das ist doch toll! Griechische Insel! Also das ist doch hundert Mal besser als immer in einem Bergdorf rumzuwandern!»

«Und was ist dann mit Roman, Maja? So komme ich ja nie dazu, ihn wirklich kennenzulernen.»

«Natalie, du wirst ihn ja trotzdem wiedersehen. Du bist doch sonst nicht so kompliziert. Das Leben bringt dir genau das, was für dich richtig ist. Das weisst du ja auch.»

«Ja, ja… Hesse und sein Gedicht Stufen, nicht wahr: " … Und jedem Anfang wohnt ein Zauber inne, der uns beschützt und der uns hilft, zu leben…"

«Richtig, Natalie. Also. Ha, übrigens, kann ich mitkommen?»

«Was? Jetzt bist aber du ausgeflippt, Maja. Das würde Mama nie erlauben.»

«Du könntest sie ja wenigstens fragen, oder?! Nein, warte, frag deinen Papi, der hat da mehr Verständnis.»

«OK, Maja, super Idee. Mach ich. Ciao, ciao, ich ruf dich später an. Nein, das wird zu spät. Ich seh dich morgen in der Schule. Nighty night.»

«Sweet dreams, Natalie.»

Maja Rim, die langjährige und langhaarige beste Freundin von Natalie, freute sich jetzt schon. Sie hatte ein Gefühl im Bauch, das ihr sagte, die Reise nach Nisyros würde klappen. Maja vertraute immer auf ihr Bauchgefühl. Ihre Mutter, die aus Southampton in England stammte, hatte ihr dieses Vermächtnis hinterlassen, lange bevor sie starb.

4

Februar 2022

Natalie sass noch immer auf ihrem Bett im Zimmer zum Park. Sie hatte sich zwar die Zähne geputzt, aber viel weiter war sie inzwischen nicht gekommen.

Es ist ja wirklich verrückt, dachte sie, *wie die Erinnerungen an all die Jahre, die schon so lange vorbei sind, hier im Silvretta wieder hochkommen. Maja würde sagen: "uncanny".*

Das Postauto nach Monbiel war abfahrbereit am Bahnhof Klosters, als Natalie im dunkelblauen Skidress, mit Lederrucksack und Schneeschuhen einstieg. Nur wenige Sitze waren belegt, und so setzte sie sich ans Fenster. Sie zog ihre Wollhandschuhe aus, entfernte das gestrickte schwarze Stirnband und schüttelte ihr schulterlanges, grau-weisses Haar.

Natalie sah die sonnengeküsste Schneelandschaft, die dunkelbraunen Viehställe der Walser, die Gadä, auf den Anhöhen und die geliebten, glänzend weissen Bergspitzen vorbeiziehen. Ihre Gedanken wanderten jedoch zurück zum Sommer 1969, als sie, Margo und ihre Eltern braungebrannt nach dem Urlaub auf Nisyros in Klosters eintrafen. Natürlich hatte Papi es vollbracht, dass Maja tatsächlich auf die griechische Insel hatte mitkommen dürfen. Papi war halt einfach super.

* * *

Am Samstag, 26. Juli 1969, fand sich die Familie Steiner pünktlich um 19 Uhr im Speisesaal des Hotel Silvretta ein. Wie stets waren die Tische mit weissen, gebügelten und gestärkten Tischtüchern und Servietten gedeckt, dazu eine schlanke, silberne Vase mit einer Rose, blitzblanke Gläser und Silberbesteck.

Alles so schick und elegant und irgendwie steif, dachte Natalie, *auf Nisyros bei Onkel Stefanos war es echt simpler und natürlicher. Man musste sich auch nicht dauernd umzieh....* Der Gedanke kam nicht mehr zu Ende. Natalie hatte Roman entdeckt. Sie schubste

Margo unter dem Tisch, worauf ihre Schwester die Augen verdrehte.

Roman Camenisch war wie alle Kellner schwarz-weiss gekleidet. Das Jackett spannte etwas über seinen breiten Schultern, und die Hosen waren eher zu kurz für seine langen Beine. Er hatte Natalie ebenfalls erblickt. Mit einer Geste, die für ihn typisch war, strich er mit der linken Hand durch sein ziemlich langes, kastanienbraunes Haar.

Dieses Mädchen ist anders als die andern, sinnierte er. *Diesmal werde ich sie kennenlernen.*

In seinem winzigen Zimmer ganz oben unter dem Dach im Silvretta lag Roman nach getaner Arbeit ausgestreckt auf seinem Bett. Er hatte ein kleines Notizbuch in der linken und einen Bleistift in der anderen Hand. Er machte gerne Aufzeichnungen über seine Erlebnisse und Gedanken; ab und zu schrieb er auch Gedichte. Wann immer er seine Bleibe wechselte, seine Notizbüchlein waren mit dabei.

26.7.1969

Das Leben ist nicht bloss eine Reihe von Zufällen. Im Gegenteil. Das Leben spielt seine Karten, und es ist an uns, was wir damit machen.

Heute kam die Herzdame. Wie ich es anstellen werde, ihr näher zu kommen, weiss ich noch nicht. Alles steht offen. Auch wenn sie aus reicher Familie und aus der Stadt kommt, und ich ein Bergler bin, der als Kellner arbeitet.

Wie hat Hesse gesagt: Und jedem Anfang wohnt ein Zauber inne…

* * *

Unterdessen waren auch Natalie und Margo in ihrem Zimmer hinten im Kurhaus im dritten Stock angekommen.

«Dieses Zimmer ist ja wirklich spartanisch, findest du nicht auch, Natalie,» meinte Margo. «Das von Mama und Papi ist viel schöner.»

«Ja, stimmt schon, ist mir aber egal. – Margo, also der Roman ist in diesem halben Jahr, seitdem wir ihn nicht mehr gesehen haben, wirklich älter geworden.

Gross und breitschultrig, sogar einen kleinen Schnurrbart und ein Jesusbärtli hat er nun, so ein bisschen Hippie-mässig. Und weisst du, er hat so einen tiefgründigen Blick…»

«Mach dir bloss keine Hoffnungen, Natalie. Mama wird es nicht gerne sehen, wenn du mit einem Kellner rumhängst.»

«Margo, das ist mir eigentlich auch egal! Und jetzt schlaf gut.»

Bevor sie einschlief, dachte Natalie an das Gespräch, das sie, Maja und Stefanos an einem herrlich warmen Abend auf der Insel gehabt hatten. Stefanos begrüsste sie mit:

«Kalispera, ómorfes kyríes. Good evening, beautiful ladies.»

Stefanos war in Fahrt, und sein dichter, silbriger Schnurrbart schien zu hüpfen. Er sprach über die Liebe:

«Meine zwei hübschen, zarten, jungen Damen! Die Liebe ist für euch in eurer Jugend immer auf einen jungen Herrn bezogen. Aber das ist nicht das, was ich Liebe nenne. Das ist Verliebtsein. Liebe ist eine innere

Haltung. Sie strahlt vom Inneren eines Menschen nach aussen. Sie ist nicht egoistisch oder besitzergreifend. Sie ist wohlwollend und mitfühlend. Sie ist verantwortungsvoll und uneigennützig»

Ui, das war der Anfang einer Diskussion, die hin und her zischte. Maja war natürlich Feuer und Flamme. Natalie war sich heute noch nicht sicher, was dabei herausgekommen war. Und ganz verstanden hatte sie Stefanos' Erklärung so oder so nicht. Er war wirklich ein schrulliger Kerl, dieser Stefanos. Aber er wusste viel, kochte gut, verstand junge Menschen und hatte immer ein Lächeln in seinem runzligen Gesicht.

5

Am 29. Juli 1969 war Vollmond. Roman wusste das. Und er hatte frei an diesem Dienstag. Gestern hatte er Natalie im Park kurz angesprochen, und sie hatte tatsächlich zugesagt, ihn heute Abend nach dem Essen vor dem Hotel zu treffen.

Bereits vor dem Abendessen hatte Natalie ihre Schwester überzeugen können: «Also, Margo, wir sagen Mama und Papi, dass wir beide wie üblich ins Spielzimmer gehen. Ich geh aber gleich wieder weg und treffe mich draussen mit Roman. Du bist ja nicht alleine, die Roccos und die andern werden auch dort sein. Und ich komm dann in Kürze wieder zurück. OK?»

«OK, Schwesterlein. Aber mach nicht allzu lange.»

Es war nicht dunkel draussen – Maja würde es "moonbright" nennen. Natalie sah Roman sofort auf der anderen Strassenseite. Wie gross er war. Verblichene Jeans und ein geblümtes Hemd, Hippie-mässig eben. Sie fühlte sich etwas flatterig, unsicher irgendwie. Es waren nicht nur die Schmetterlinge im Bauch, da war noch etwas wie eine Vorahnung. Ein vager, flüchtiger Moment einer Einsicht, die sie nicht greifen konnte.

«Hoi Natalie. Komm, wir gehen etwas weiter im Park, wo es nicht so viele Lichter hat. Es ist Vollmond, da sehen wir genug.»
Wie selbstverständlich nahm Roman ihre Hand.

Das Gras im Silvretta Park war dunkelgrün, die Bäume warfen lange Schatten, und im silbernen Mondlicht schienen sogar die Tennisplätze etwas Mystisches an sich zu haben. Es roch nach sonnenwarmen Wiesen und frischer Bergluft.

Natalie war sich nicht sicher, ob sie nicht träumte. Romans Hand hielt noch immer die ihre, und sie spürte die Wärme seiner Finger mit jeder Zelle ihrer Haut.

Roman indessen war sich bewusst, dass Natalie etwas schüchtern wirkte. Das hätte er nicht von ihr erwartet, sie war ihm bis anhin selbstbewusst und manchmal sogar überheblich vorgekommen. Er liess ihre Hand los.

«Komm, setzen wir uns hier unter diese Buche. Hier ist meine Jacke, damit dein hübsches Kleid nicht voller Grasflecken wird. Erzähl, Natalie, von deinen Träumen, Gedanken, Ideen.»

Natalie musste sich selber eingestehen, dass sie durcheinander war:
Da sitze ich neben diesem grossen, charmanten Hippie-Kellner im Silvretta Park – und er fragt mich nach meinen Träumen?! So was habe ich noch nie erlebt. Nie. Und dann noch diese sonore Stimme mit rollendem Bündner Dialekt. Verrückt.

«Roman, das ist eine ungewöhnliche Aufforderung, wirklich. Ich… ich weiss nicht, was ich sagen soll…»

«OK, dann fange ich an, Natalie. Ganz kurz: ich komme aus Sent im Unterengadin. Ich habe Träume, die nichts mit Hotels und Kellner-Jobs zu tun haben. Aber irgendwie muss ich Geld verdienen, damit ich meine Ideen verwirklichen kann. Wie dem auch sei…

Meine Träume: ich möchte mal für längere Zeit nach Kanada. Oder Neuseeland. Ich wünschte mir, ich könnte nächsten Monat beim Rockfestival in Woodstock dabei sein. Ich wollte, es gäbe keine Kriege, so wie der abscheuliche, grausame Krieg in Vietnam. Ich erhoffe mir, dass die Hippie-Bewegung weitergeht und mehr Frieden auf dieser Welt entsteht. Lieber Blumen im Haar und barfuss als mit einem Maschinengewehr im Schützengraben...»

Roman war still geworden. Mit seiner linken Hand fuhr er durch sein beinahe schulterlanges Haar. Seine hohen Wangenknochen, sein nicht zu dichter Schnurrbart und sein kleiner Kinnbart waren vom Mond schwach erleuchtet.

Natalie schwieg ebenso. Aber ihre Gedanken waren lebendig: *Meine Güte, er sieht aus wie ein totaler Hippie in diesem Licht. Und zudem beinahe so, wie ich mir Jesus vorgestellt hätte. Was ist das für ein Mann? Und reden tut er von einer friedlichen Welt und fernen Ländern. Und Woodstock! Und ich?? Ich bin sprachlos. So geht das nicht...*

«Woodstock. Wow, Roman. Ja, das wär was. Sowas möchte ich mal erleben. Hoffentlich kommt wenigstens eine Übertragung im Fernsehen. Weisst du, meine Eltern würden mir niemals erlauben, an ein Festival zu gehen. Schule zuerst, Ferien mit Mama und Papi, dann Uni oder so. Und wenn ich dann 25 bin und unabhängig von ihnen, dann ist es zu spät... Und ja, Kriege sind furchtbar. Ich wünschte auch, dass es keine gäbe.»

Natalie blickte Roman an, der ihren Blick mit seinem leicht schiefen und umwerfenden Lächeln erwiderte.

«Na, dann denken wir zwei ja ähnlich, Natalie. Super. Und übrigens: ich liebe Berge, Wälder, Sterne, Ozeane, Tiere, Hermann Hesse – ah ja, und natürlich den Mond. Ist es nicht unglaublich, dass dieser runde, helle Erdentrabant vor acht Tagen von Menschen betreten wurde?! Einfach unfassbar.»

«Ja, das ist es, unfassbar. Da fliegen wir auf den Mond, aber Kriege verhindern können wir nicht. Und die Menschen in führenden Positionen, die da vielleicht was tun könnten, werden ermordet – wie John F. Kennedy, Martin Luther King und Bobby Kennedy. Ich weiss nicht, aber ich glaube, wir leben in einer verrückten Zeit, Roman. Also gibt's nur eines: ich muss meine Schule beenden und eine Arbeit suchen, die Sinn macht.

– Huch, jetzt sind wir schon mehr als eine Stunde weg. Ich muss zurück, Roman. Meine Schwester wartet auf mich.»

6

Februar 2022

Das Postauto war in Monbiel angekommen, und Natalie erwachte aus ihren Erinnerungen. *Unbegreiflich, dass sich die Welt in diesen gut 52 Jahren nicht wirklich geändert hat,* dachte sie. *Aber nun bin ich hier in meiner geliebten, glitzerweissen Bergwelt. Und das ist fast wie ein Wunder.*

Es war kalt, bestimmt -15 Grad, doch Natalie empfand es als erfrischend. Und bis sie auf der Alp Garfiun war, würde dort die Sonne scheinen. Sie wollte in den nächsten Tagen zum Steinkreis, der an der Biegung der jungen Landquart stand, nicht weit vom Zusammenfluss von Vereinabach und Verstanclabach. Dazu brauchte sie ihre Schneeschuhe, denn kein gepfadeter Weg führte dorthin. Doch nicht heute. Es war noch zu früh.

Natalie hatte sich moderne Schneeschuhe bei Sport Andrist ausgeliehen. Sie schnallte sie kurz nach dem Rütistall an und machte sich auf den Weg nach Garfiun über die Schwendi. Der Schnee war tief, die Sonne bereits stark, und sie zog ihre Skijacke schon nach zehn Minuten aus und klemmte sie auf den Rucksack.

Tja, ich bin anscheinend einiges älter geworden..., dachte Natalie nach der ersten halben Stunde Schneeschuhlaufen. Sie war etwas ausser Atem, und ihr Herz klopfte einiges stärker als gewohnt. Sie hatte sich zu einer Bank oberhalb der Alp Garfiun hoch gemüht und genoss die Sonne, den glitzernden Schnee, den Blick auf weisse Gipfel und den kornblauen Himmel, sowie die herrlich frische, klare Bergluft. Sie dachte, dass sie sogar die Fichten in der Sonne riechen konnte. Sie musste lächeln: Maja würde sagen: "How can it get any better than this!?"

Natalie schloss die Augen. Wie im Traum war sie bereits wieder im Sommer 1969. Dann kam ihr eine Zeile von Bryan Adams' 'In the Summer of 69' in den Sinn: *... those were the best days of my life...*

***

August 1969

Nach ihrem ersten Treffen im Silvretta Park sahen sich Roman und Natalie so oft es eben ging, wenn Eltern im Weg sind. Margo musste sich dann mit den andern Töchtern von Gästen des Hotels begnügen. Denise Steiner war zwar fast täglich mit ihrer ebenso blonden wie schlanken Freundin Dora unterwegs, aber sie hatte trotzdem bemerkt, dass Natalie manchmal unauffindbar war. Papi spielte meist Tennis im Park oder er hatte irgend etwas ‚Geschäftliches' mit Hotelbesitzer Giorgio Rocco zu besprechen. Natalie mochte Giorgio Rocco. Er war etwas untersetzt, stets tadellos gekleidet, und immer zu einem witzigen Spruch aufgelegt. Seine Augen blitzten mit Schalk in seinem gutmütigen, wettergegerbten Gesicht.

Am 8. August, es war ein strahlender Sommertag, fuhren Natalie und Roman mit ihren kleinen Mopeds nach Monbiel und weiter Richtung Vereinatal. Im wahrsten Sinne des Wortes über Stock und Stein,

Wurzeln, kleine Bächlein, Grasbüschel. In der Nähe des Zusammenflusses der zwei Gletscherbäche steuerte Roman auf eine etwas hügelige Bergwiese zu.

«Ich glaube nicht, dass mein Moped hier durch kann, Roman.»

«Komm, wir stossen die Räder. Ich möchte vom Pfad weg. Dort drüben, hinter dem kleinen Hügel mit dem Stein hat es ein paar grosse Fichten. Da sind wir ungestört.»

Roman hatte an alles gedacht: er hatte eine Decke mitgebracht und zwei Cola. Sie sassen aneinander gelehnt, wie lang vertraute Freunde. Roman streichelte Natalies Hände. In seinen haselnussbraunen Augen funkelten winzige, goldene Sterne: «Ich erzähl dir nun eine kleine Geschichte, die zu den vielen Mythen dieser Gegend gehört. Die Geschichte von Vereina und Silvretta.» Was er dachte: *Eigentlich möchte ich sie küssen... Aber nun erzähl ich ihr erst die Geschichte.*

Natalie legte ihren Kopf an seine Schulter und lauschte seiner warmen, sonoren Stimme. Zu Beginn des Ausflugs war sie unsicher gewesen. Doch ihre Verliebtheit und Abenteuerlust gewannen schnell überhand. Und sie vertraute Roman vollkommen. Das war auch etwas, das Stefanos ihr beigebracht hatte:

«Wir Menschen können das Leben nicht kontrollieren. Wir können jedoch lernen, uns an Situationen anzupassen, auch wenn sie unangenehm sind. Wir können lernen, dem Leben – oder eben dem, was hinter dem Leben existiert – zu vertrauen. Es gab einmal einen Zen Meister, der gesagt hatte: Der Meister vertraut dem Vertrauenswürdigen. Und sie vertraut dem Nicht-Vertrauenswürdigen.»

Roman begann:
   «Mein Vater, Gion, hat mir diese Sage über das Silvrettagebirge erzählt, als ich noch klein war. Er starb kurz vor meinem achten Geburtstag... das ist nun schon zehn Jahre her...»

   Roman schwieg einen Moment. Als er sich mit seiner linken Hand durchs Haar strich, sah er sich selbst als

Bub im kleinen, kalten Schlafzimmer in seinem Elternhaus, sehnlichst auf eine neue Geschichte seines Vaters wartend. Natalie spürte etwas wie ferne Trauer, doch er schenkte ihr sein verschmitztes, kleines Lächeln und fuhr fort:

«Ja, also, die Sage von Silvretta und Vereina:

«Vor langer, langer Zeit kam vom fernen Süden her ein geheimnisvoller Edelmann namens Alfonso Baretto. Man flüsterte, dass er von seiner Heimat in Italien verbannt worden sei, weil seine Standesgenossen seine Ehrlichkeit und Offenheit nicht ertragen wollten. So suchte er Zuflucht in der stillen Alpenwelt, fern von allen Menschen.

«In der Nähe der Stutzalp fand er eine Höhle, die er einigermassen wohnlich einrichtete. Noch heute trägt diese Höhle den Namen *Baretto Balma*. Dort lebte er mit seinen beiden geliebten Töchtern, Silvretta und Vereina. Sie ernährten sich von Wurzeln, Früchten und der reichen Beute der Jagd, zufrieden mit ihrem einfachen und doch so reichen Leben.

«Mit den Jahren freundete sich Baretto mit Jägern und Hirten, die er auf Streifzügen antraf, langsam an. Er besuchte sie manchmal in ihren Alphütten und söhnte sich mit der Menschheit soweit aus, dass er sich mit seinen aufblühenden Töchtern sogar bis nach Klosters hinunter zu bäuerlichen Festlichkeiten begab.

«Baretto starb friedlich im hohen Alter. Die beiden Töchter begruben ihn in der Balme und bestreuten das Grab mit duftenden Bergblumen.

«Silvretta sehnte sich jedoch bald nach ihrer früheren, milden Heimat in Italien und nahm von ihrer Schwester Abschied. Sie stieg über das mächtige Gebirge nach Süden, und seither heisst dieses Gebirge Silvretta.

«Vereina hingegen blieb noch eine gute Weile hier, geheimnisvoll durch Berge und Täler streifend. Trotz ihrer struppigen Haare und etwas befremdlichen Sitten wurde sie mit ihrer geselligen Art von den Monbielern sehr geschätzt. Zuletzt ward sie mit ausgestreckten Händen auf einer Bergspitze gesehen, die einen weiten

Blick übers Prättigau ermöglichte, und sie soll gerufen haben:

«'Lebe wohl, du teures Land; und euch, ihr glücklichen Ortschaften, die mein Auge heute zum letzten Mal erblickt, schenke ich diese meine Täler mit ihren fruchtbaren Weiden.' So nahm auch sie Abschied von diesem Land. So sagen die einen. Die andern jedoch sind sicher, dass Vereina weiterhin im Vereinatal über die Gletscher wandert und mit den Gämsen zusammenlebt.»

«Und hier sind wir, du und ich, Natalie, am Eingang zum wunderlichen, wunderschönen Vereinatal. Mein Lieblingstal.»

Natalie hatte sich von Romans weicher, tiefen Stimme und dieser alten Sage so sehr wegtragen lassen, dass sie einen Moment brauchte, um ins Jetzt zurückzukehren. Hier waren sie also, in Romans liebstem Tal, wo es nach Bergthymian und Fichten roch. Wo die junge Landquart im Hintergrund leise rauschte.

Und wo sich das Leben so einfach und richtig und voller Sinn anfühlte.

«Ich will hierbleiben, Roman. Nie mehr von hier weg. Wie in der Sage: in der Einfachheit finden wir Zufriedenheit.»

Roman hielt Natalie in seinen Armen. Er flüsterte in ihr Ohr: «Ich wünschte mir so sehr, wir könnten für immer hierbleiben, Natalie…» Behutsam drehte er ihren Kopf, so dass ihre Gesichter ganz nahe waren. Und endlich küsste er sie, sachte und sanft zuerst, bis auch ihre Leidenschaft zu lodern begann.

7

«Margo, weisst du, wo Natalie hingegangen ist? In einer Stunde gibt es Abendessen, und sie ist anscheinend nirgendwo.» Denise war inzwischen an der oberen Grenze ihrer Geduld angelangt.

«Margo!» Lauter jetzt. «Wo ist Natalie?»

Margo versuchte vergebens, eine Antwort zu vermeiden. Es war ein schöner, sommerlicher Nachmittag gewesen, und sie hatte sich mit einem anderen Mädchen, der rothaarigen Andrea, auf den Liegestühlen im Silvretta Park bestens unterhalten. Sie waren in der Nähe der Tennisplätze, wo Papi und Andreas Vater spielten. Coca Cola mit Eis und einem Orangenschnitz. Herrlich.

«Mama, ich weiss nur, dass sie mit dem Moped weggefahren ist. Sie wird bestimmt bald zurück sein.»
Denise marschierte auf und ab im Zimmer der Mädchen, ihre Wangen waren leicht gerötet. Margo dachte: *Zum Glück hat Mama ihre Stöckelschuhe nicht an.*

Die Tür flog auf. Natalie. Mit zerzaustem Haar, schmutzigen Hosen und einem frischen, gesunden Bergsommer-Teint. «Ist was?»

Denises Blick sagte alles. Natalie war sich bewusst, wie sie aussah und was ihre Mutter davon hielt.

«Ich war im Vereinatal mit dem Moped. So wunderbar dort. Sorry I'm late.»

Denise nahm sich mit bemerkenswerter Mühe zusammen: «Gut, dass du da bist, Natalie. Waschen, umziehen. Ich möchte dich eine Viertelstunde vor dem Abendessen in meinem Zimmer sehen.» Tür auf, und weg war sie.

«Scheisse. Ich bin 17 Jahre alt und sie behandelt mich, wie wenn ich noch in Windeln rumlaufen würde… Margo, was hast du Mama erzählt?»

«Gar nichts, Natalie. Bloss, dass du mit dem Moped weg bist. Ich schwör's, absolut nichts anderes.»

«OK, super, danke Margo. Also, dann muss ich mich wohl beeilen, damit ich die Standpauke noch vor dem Dinner bekomme….»

Roman sass auf seinem riesigen Bett in seinem kleinen Zimmer. Nun ja, das Bett war vielleicht nicht wirklich gigantisch, aber es kam ihm immer so vor, weil seine Bleibe so winzig war.

Ein kleines Notizbuch lag neben ihm, und der Bleistift wartete darauf, nützlich zu sein.

8.8.1969

Was habe ich vor einigen Tagen hier geschrieben? 'Das Leben ist nicht bloss eine Reihe von Zufällen. Es spielt seine Karten…' Ja, und dann kam die Herzdame. Und heute haben wir uns nicht nur geküsst, sondern wir waren uns in der Seele nahe. Es ist anders mit Natalie. Ich wollte, dass ich die Worte dafür fände…

Wer hat das mal gesagt: 'Wenn man nicht schreibt, ist man nicht richtig wach.'? – Ach ja, das war Pascal Mercier. Und so ist es doch. Wenn wir einfach in den Tag hineinleben, dann sind wir doch gar nicht richtig hier. Wenn ich meine Gedanken, Gefühle, Erlebnisse hier festhalte, dann empfinde ich eine tiefere Substanz in meinem Leben. Eine Essenz, die sonst gar nicht fassbar ist.

Nun also, Natalie. Sie wird Schwierigkeiten bekommen mit ihren Eltern. Oder vermutlich mehr mit ihrer Mutter als mit ihrem Vater. Kurt Steiner scheint mir recht offen und verständnisvoll zu sein, vielleicht sogar ein bisschen wie ein verkappter Abenteurer. Er hat mir mal erzählt, dass er einige Jahre in den USA war. Das öffnet den Horizont.

Es ist mir noch nicht ganz klar, was Natalie für mein Leben bedeutet. Aber sie bedeutet mir eben etwas. Was ich von den meisten Mädchen bis anhin nicht unbedingt behaupten würde, so nett sie auch waren. Die Herzdame ist erschienen - the Queen of Hearts. Es gab da mal ein Gedicht von einer jungen England-Baslerin, wie hiess sie bloss…. ich glaube Maja Rim…

Ah, und ich habe das Gedicht sogar hier, in meinem alten Notizbuch:

Queen of Hearts

It struck me again today
like lightning hitting full target
that the universe is dealing the cards
and it is up to me
to decide which one to play

The queen of hearts
she who governs the life of all lovers
cannot beat the ace
I am left with a losing card
and the option to fold

To end the game right here and now
would be the choice of the wise
but still, the queen of hearts whispers:
better to have loved and lost
than not have loved at all

She knows that
in the end,
when all else falls away
love is all that matters

So I play the queen of hearts
and I know I have won

8

Nach der Standpauke und dem allzu langen Abendessen – es gab Crevetten Cocktail, Filet Wellington und zum Nachtisch Coupe Danmark – durfte sie im Zimmer ihrer Eltern telefonieren. Das Nachtessen war wie immer ausgezeichnet, das musste sie sich eingestehen, doch jetzt musste sie mit Maja reden.

«Maja, zum Glück bist du zuhause! Es ist unglaublich, wirklich. Roman ist ein aussergewöhnlicher Mann, und es stimmt einfach alles, und eigentlich macht es ja keinen Sinn, aber trotzdem ist es eben wichtig, und das Leben spielt halt andere Karten als wir erwarten, und Mama ist auf hundert, und....»

Maja hatte sie unterbrochen: «Halt, halt, Natalie, durchatmen. Schön der Reihe nach, ja?!»

Natalie erzählte Maja von ihrer Moped-Ausfahrt, vom Vereinatal und seinen Sagen, vom ersten Kuss, den ersten Zärtlichkeiten auf der Alpwiese, bei fernem

Kuhglockengeläut, dem Rauschen der Landquart und dem würzigen Duft von Bergthymian.

«Maja, ich kann das nicht erklären, aber da ist etwas mit Roman, das sich einfach absolut richtig anfühlt, so wie heimkommen… Er ist ein Jahr älter als ich, aber meine Güte, er hat anscheinend soviel Lebenserfahrung wie Papi. Nicht bloss, was er erlebt hat – sein Vater ist jung gestorben und Roman sorgt für seine Mutter – sondern auch, wie er denkt, was er weiss, was er gelesen hat. Und trotzdem ist er auch jung, eben Hippie-mässig.

Er und ich, wir könnten ein Leben in der Wildnis aufbauen, irgendwo, für uns selber sorgen, andern helfen, friedlich und sinnvoll leben. Aber wie du dir vorstellen kannst, haben meine Eltern nun bereits den 'full stop' aktiviert. Mama natürlich, aber Papi muss eben mitmachen, wenn er nicht eine Ehekrise riskieren will. Wir reisen in zwei Tagen ab! Kannst du dir das vorstellen!?»

«Oh shit, Natalie! Ich meine: oh je. Was machen wir jetzt da? Schreiben, du musst Roman schreiben. Und ihr fährt ja bestimmt im Herbst oder zu Weihnachten wieder nach Klosters. Und vielleicht kannst du mit Stefanos sprechen, irgendwie. Hmmm, nein, das geht nicht gut, er hat ja kein Telefon auf Nisyros. Halt eben auch schreiben. Eine Lösung gibt es immer, für alles. Ruf mich an, wenn du zuhause bist! Take it easy, girl!»

Als Natalie ins Bett ging, war sie um einiges ruhiger geworden. Sie hatte das geflochtene, mit bunten Glasperlen geschmückte Lederarmband in ihrer Hand, das Roman ihr heute geschenkt hatte. «Ein verspätetes Geburtstagsgeschenk», hatte er mit seinem verschmitzten, etwas schiefen Lächeln, das sie so liebte, gesagt. Für Natalie war dieser ganze Nachmittag ein Geschenk gewesen, und still bedankte sie sich dafür. Sie war ganz und gar nicht religiös, aber heute hatte sie das Gefühl, dass es im Leben doch vieles gab, das sich nicht erklären liess. Fast, wie wenn es hinter allem eine Art heilige Kraft gäbe.

Das Leben ist ein Mysterium, dachte sie, *und das ist gut so. Wir müssen nicht immer alles erklären – das können wir ja sowieso nicht. Stefanos und Maja würden mir beipflichten...* Mit diesen Gedanken und dem Lederarmband in der Hand schlief sie ein.

Im Traum war Natalie wieder auf Nisyros. Auf der Vulkaninsel im Ägäischen Meer. Natalie, Maja und Margo sassen auf weissen, luftigen Rattan-Stühlen vor Stefanos' hübschem Häuschen in Nikia, das von leuchtend dunkelrosa Bougainvillea überwachsen war. Der Blick über die unheimlich steil abfallenden Hänge zum azurblauen Meer war atemberaubend. Stefanos' Augen hatten dieselbe Farbe und glitzerten, als er ihnen erzählte, wie die Insel entstanden war:

Es gab vor abertausenden von Jahren in dieser Gegend einen heftigen Krieg zwischen den Göttern und den Riesen. Der Meeresgott Poseidon war hinter dem Riesen Polyvotis her, der gerne Schaden anrichtete, wo er konnte. Poseidon jagte den Riesen bis nach Kos, schnitt einen Teil der Insel ab und warf sie auf Polyvotis, der somit für immer auf den Grund der Ägäischen See sank.

Dieses Felsgestein, das den Riesen auf dem Boden des Meeres hält, ist Nisyros. Man sagt, dass die Ausbrüche des Vulkans die wütenden Atemzüge von Polyvotis sind, der verzweifelt versucht, sich von der Insel zu befreien.

Wie ihr ja wisst, ist die ganze Insel ein Vulkan. Einer der Krater, in den man hinunter-steigen kann – seine kleinen Dampfausbrüche sind nicht gefährlich – heisst Stefanos…

Das schallende und doch fröhliche und helle Lachen von Stefanos hallte in Natalies Traum bis in die weite Ferne, wo Meer und Horizont sich in absoluter Einigkeit trafen.

9

Stefanos hatte eine Tasse Salbeitee vor sich auf dem geschrubbten Holztischchen in seinem weiss und blau gestrichenen Haus in Nikia auf der Insel Nisyros. Die Touristen, die oft hier vorbeikamen, konnten sich nicht vorstellen, wie man auf einer Vulkaninsel auf einer Bergspitze in einem winzigen, hübschen, aber altertümlichen Dorf überhaupt leben konnte. Die ganze Insel war klein – nur etwa 42 km² –, ausserordentlich trocken, mit steilen Hängen, die vor langer Zeit in Terrassen unterteilt worden waren, wo ab und zu ein paar Ziegen in den verdorrten Büschen stöberten. Ja, und dann war da noch der schlummernde Vulkan.

Die Aussicht von Nikia auf die azurblaue und türkisfarbene Ägäis war grossartig, und unten am Meer in der Hauptstadt Mandraki gab es mehrere Cafés und Gaststätten und den einen oder anderen natürlichen Strand. Nisyros hatte nur knappe 800 Einwohner, und in Nikia wohnten etwa 40 davon.

Stefanos liebte seine Ruhe und seine Einsamkeit hoch oben auf dem Berg. Er hatte in Berkeley damals

Botanik studiert und im Laufe seines Lebens in mehreren Botanischen Gärten gearbeitet. Pflanzen jeglicher Art waren seine Freunde, seine Familie. Auch hier in Nikia pflegte er nebst den vielen Blumen einen kleinen Kräutergarten.

Seine sonnenverbrannte Haut faltete sich in einer Vielzahl von Lachrunzeln, als er nun Natalies Brief las. *Dieses verrückte Mädchen,* schmunzelte er, *sie sollte mal ein Jahr hier bei mir leben, das würde ihr gut tun.* Stefanos erinnerte sich mit Freude an die paar Wochen, die die Steiners und Natalies Freundin Maja letzten Monat hier verbracht hatten. Er hatte eine Verbindung zu Natalie gespürt, wie wenn er tatsächlich ihr leiblicher Onkel wäre.

Sie ist offen und zugänglich wie selten ein Mädchen in diesem Alter, überlegte er. *Sie ist an allem interessiert, sie ist abenteuerlustig; ja, manchmal ist sie auch frech. Und das mag ich an ihr.*

Stefanos hatte die vielen Gespräche mit Natalie und Maja genossen. Die Mädchen brachten Leben in sein

Haus. Margo erzählte er oft am Abend vor dem Einschlafen Geschichten aus den griechischen Sagen. Und spät abends sassen dann Kurt und Stefanos bei ein paar Gläschen Ouzo zusammen und sprachen über ihre gemeinsamen Tage an der Uni in Berkeley. Denise hörte gerne zu, doch Stefanos war es klar, dass sie lieber in einem Erstklass-Hotel mit musikalischer Unterhaltung gewesen wäre.

Natalies Brief erforderte eine Antwort, die Stefanos mit seiner dicken Füllfeder auf einem losen Stück handgeschöpftem Briefpapier nun verfasste:

Im September 1969

Agapiméni mou!
Sei herzlichst bedankt für dein Vertrauen und deine Ehrlichkeit, liebe Natalie. Du erweist mir damit eine grosse Ehre.

Es ist richtig, wenn wir im Leben unserer inneren Stimme gehorchen. Manchmal verwechseln wir sie aber mit dem, was unser Kopf will. Kannst du dir eine Woche Auszeit nehmen, um in Ruhe in dich hineinzuhören?

Weisst du noch, als du, Maja und ich in die kleine Kapelle von Agios Ioannis Theologos auf dem Hügel ausserhalb von Nikia gingen? Dort hatte ich euch gebeten, eine Stunde schweigend zu sitzen und zu beobachten, was in euren Gedanken geschah – und vor allem auf das zu achten, was hinter den Gedanken erschien. Das möchte ich dir nun vorschlagen – wenn möglich eine Woche lang, jeden Tag für ein paar Stunden.

Du wirst erkennen, dass die Antworten auf deine Fragen – wie es nun mit Roman weitergehen soll, was du studieren könntest, wie du mit deinen Eltern eine Einigung erzielen kannst – bereits vorhanden sind.

Einer meiner liebsten Denker, Kahlil Gibran, sagte einmal in etwa: 'Denke nicht, dass du die Liebe steuern kannst; wenn die Liebe dich ihrer würdig findet, wird sie deinen Weg leiten.'

Meine Gedanken begleiten dich, Natalie. Mögest du deinen Weg finden. Wenn ich kann, werde ich dir immer zur Seite stehen.

Is to epanidín! Until we meet again!

Stefanos

PS: Denk daran, mit deinem Papi allein zu sprechen. Er hat ein grosses Herz.

PPS: Du hast eine wunderbare Freundin in Maja, auch sie ist für dich da.

10

Roman hatte es gewusst: Natalies Eltern machten ihr Schwierigkeiten, vor allem ihre Mutter. Telefonieren kam nicht in Frage. So musste es vorläufig beim Briefe schreiben bleiben. Natalie schrieb oft, hatte jedoch viel in der Schule zu tun, und ihre Mutter hatte sie zudem für Abendkurse in fortgeschrittenem Englisch angemeldet.

Auch gut, dachte Roman, *je besser ihr Englisch, desto leichter wird es, ein Visum zu bekommen und auszuwandern.*

Die Saison war beinahe vorbei, es war bereits Mitte Oktober. Roman würde dann für ein paar Wochen nach Hause zu seiner Mutter ins Unterengadin fahren. Und im Dezember ging der Winterzauber bereits wieder los. Er würde erneut im Silvretta arbeiten, und die Familie Steiner würde wieder zu Weihnachten dort sein. Und somit Natalie.

Roman freute sich, seinen besten Freund bald wieder zu sehen: Dumeng war ein Bauernjunge aus

Sent, dunkelblond, gross und beinahe mager, mit hellen, wachen Augen. Die beiden waren miteinander zur Schule gegangen im kleinen, kalten Schulhaus in Sent, sie gingen zusammen skifahren und wandern bis hoch hinauf in die Berge. Sie hatten sich zusammen in der Dorfbeiz betrunken, auch mal Mädchen ausgetauscht. Aber vor allem waren sie immer für einander da.

Dumeng musste auf dem elterlichen Bauernhof arbeiten, eine andere Wahl gab es für ihn nicht. Bevor Roman nach Klosters gezogen war, um die Anstellung als Kellner im Silvretta anzutreten, half er Dumeng wann immer möglich, Kühe zu melken und Ställe auszumisten. Die beiden jungen Männer wussten mit absoluter Sicherheit, dass sie sich aufeinander verlassen konnten, auch wenn sie hunderte von Kilometern voneinander entfernt waren.

Roman sass an jenem Samstag wie so oft abends auf dem grossen, weichen Bett in seinem engen Zimmer unter dem Dach im Silvretta mit seinem Notizbuch:

18. Oktober 1969

Nicht mehr allzu viel los hier im Hotel. Noch eine Woche – Vollmond! –, dann kann ich endlich hier weg. Es ist seltsam, wie sehr mir die ganze Luxus-Gesellschaft je länger je mehr auf die Nerven geht. Was ist es, das mich innerlich schaudern lässt beim Anblick der gestylten, geschminkten, hochgetakelten Frauen und ihren Männern im Smoking, die ja sowieso nach dem Abendessen bloss darauf warten, im Five to Five Club ihren Whisky zu trinken?

Habe ich übrigens eben kürzlich erfahren: Der Five to Five wurde bereits 1955 gegründet und existiert noch heute unter anderem dank Giorgio Rocco, meinem Big Boss, der den niedrigen, verschachtelten Treffpunkt der Prominenz unterhält. Soviel ich weiss, gehen Kurt Steiner und Giorgio Rocco oft zusammen hin. Natalie hat mir mal erzählt, dass der Club für sie eine gewisse Mystik enthielt, weil ihr Papi öfters so geheimnisvoll dorthin verschwand. Wie dem auch sei...

Auswandern ist noch immer mein Ziel. Irgendwo auf diesem wunderbaren Planeten muss es doch noch Orte geben, wo die Freiheit und die Wildnis näher sind als hier. Wo die Menschen echter sind, mit offenem Herzen und wachem Geist. Der Norden Kanadas könnte so ein Fleckchen Erde sein…? Ich werde mit Natalie reden. Sie versteht meine Gedankengänge und Sehnsucht nach einem Leben, das wirklich ist, reell, bodenständig und vielleicht auch hart. Ein Leben mit Sinn und Verbundenheit zur Erde und zum Universum – und somit auch dem näher, was die Weisen dieser Welt Spiritualität nennen.

Nun, anderseits ist die Spiritualität natürlich ganz einfach ein Teil eines wirklichen Lebens, eingewoben in Alltägliches und Banales – aber man muss es eben sehen und fühlen und leben! Und dazu noch ein bisschen Rilke:

Ach, nicht getrennt sein,
nicht durch so wenig Wandung vom Sternen-Mass.

Auf Englisch mag ich es eigentlich noch besser:

Ah, not to be cut off, not through the slightest
Partition shut out from the law of the stars.

Natalie hat mir von Stefanos erzählt, der so ein einfaches, volles, reiches (im inneren Sinne) Leben auf dieser kleinen griechischen Insel, Nisyros, verbringt. Er muss einer der unbekannten Weisen unserer Zeit sein. Hmmm…, vielleicht können Natalie und ich ihn auf der Überfahrt nach Kanada oder Neuseeland besuchen… Pläne… Oft sind das ja doch Luftschlösser. Irgend jemand hat mal gesagt: 'Wenn die Menschen Pläne schmieden, lachen die Götter.'

Aber die Götter haben mir ja die Herzdame in die Hände gespielt…

11

Am selben Abend hatten Natalie und Maja endlich wieder einmal Zeit, ergiebig über 'Gott und die Welt' zu reden. Sie hatten sich im Restaurant Gifthüttli in Basel getroffen, doch da war es zu rauchig und zu laut. Der Oktoberabend war mild und irgendwie fröhlich. Die beiden Freundinnen überquerten die Mittlere Brücke Arm in Arm und setzten sich auf der Kleinbasler Seite ans Rheinufer. Auch dort waren die Jugendlichen zu Hauf versammelt.

Natalie blickte Maja an, die mit ihrem langen schwarzen Haar, das lose bis weit unter die Schultern fiel, und ihren etwas schräg gestellten, dunklen Augen eher wie eine Asiatin aussah als eine Baslerin. Das hatte auch seinen Grund: Majas Vater soll ein Seefahrer aus Thailand gewesen sein, in den sich ihre englische Mutter verliebt hatte. Traurigerweise und zur Bekümmertheit von Maja war er kurz danach verschollen.

Und natürlich roch Maja wie immer nach Patchouli. «Also Woodstock, das war was, nicht wahr, Natalie. Das ist nun gute zwei Monate her, aber sie bringen immer mal wieder die Songs und sogar Filmclips. Jimi Hendrix, Janis Joplin, Joan Baez, Santana, CCR, Joe Cocker, und so viele mehr. Es wurmt mich noch heute, dass ich dort nicht dabei sein konnte!»

«Unglaublich, ja, Maja. So toll. Musik und Regen und Schlamm und Hundertausende von jungen Menschen, die für das Leben in Frieden und Freiheit und Liebe einstanden. Meine Eltern hätten es nie erlaubt, dass ich zu so einem Riesenfest von Hippies hinginge. Roman wäre auch super gerne dort gewesen…»

«Apropos Roman: hast du wieder von ihm gehört, Natalie? Ach, und übrigens, was ist eigentlich mit Benno? Seid ihr noch zusammen?»

Der einstmals schöne Rhein floss in seiner Gemächlichkeit an den vielen jungen Menschen, die dort an seinem Ufer sassen, vorbei. Ungerührt und unberührt von ihren Sorgen und denjenigen der Welt. Er hatte seine eigenen: sein Wasser war verschmutzt von Industrie und Chemie. Erst ein paar Jahrzehnte später sollte er gereinigt werden, so dass sowohl Fische wie auch Wasservögel sich wieder im und am Rhein ansiedelten – und die Bevölkerung erneut in seinen Wassern schwimmen konnte.

Natalie schaute in das träge braun-grüne Wasser, ohne es wahrzunehmen. Ihre Gedanken waren bei den türkisblauen, klaren Gletscherwassern des oberen Prättigaus. Und bei Roman. Es dauerte eine Weile, bis sie Maja antwortete:

«Roman schreibt oft – er ist ja jemand, dem das Schreiben wichtiger ist als vieles andere. Aber weisst du, Maja, das reicht mir einfach nicht. Ich möchte mit ihm zusammen durchs Leben; Liebe auf Distanz ist doch unmöglich… – Benno, ja. Er ist super nett und lieb, und wir kommen auch prima miteinander aus. Aber da fehlt meinerseits halt etwas.»

Benno Guggenheim, Medizinstudent, gross, mit blondem, welligem Haar und erstaunlich tiefblauen Augen, war sozusagen Natalies Freund in Basel. Er stammte aus einer von den Steiners angesehenen Familie, und vor allem Denise sah Benno gerne bei ihnen zuhause ein- und ausgehen. Zudem war Benno der engste Kumpan von Majas Freund Kris.

«Übrigens, Maja, Stefanos hat mir geschrieben. Unter anderem fand er, dass ich in dir die beste Gesprächspartnerin hätte, mit der ich über Roman sprechen kann. Ha, es wäre eigentlich super, wenn Roman Stefanos kennenlernen würde – was meinst du? Dann könnten die beiden zusammen philosophieren.»

«Was für eine tolle Idee, Natalie. Stefanos und Roman – der Zauberer und sein Lehrling…» Majas helles Lachen war sprudelnd wie Sekt. Und ansteckend. Die Herzensprobleme und die grossen Schrecken der Welt waren für den Moment in der jugendlichen Freude am Leben vergessen.

«Also, Maja, Stefanos hat mir vorgeschlagen, dass ich ein paar Stunden am Tag in völliger Stille in mich gehen sollte. Damit ich meinen Weg in jeglicher Hinsicht – vor allem auch wegen Roman – erkennen kann. Maja, ich kann nicht ein paar Stunden am Tag einfach stillsitzen…»

Maja sah ihre Freundin von der Seite her durch ihre langen, dunklen Wimpern an. Sie wusste, dass Natalie vorläufig die Ruhe in sich selbst nicht hatte, stundenlang wie ein Yogi still zu sitzen. Sie wusste auch, dass Stefanos recht hatte: Eine Lösung liess sich keinesfalls erzwingen.

Es ist mir leider auch klar, dachte Maja, *dass die Steiners, vor allem Natalies Mutter, nie in eine Beziehung mit Roman einwilligen würden. Das hiesse wohl, dass Roman und Natalie durchbrennen müssten. Dass es solche Vorurteile über die Herkunft von jemandem hier und heute noch gibt…*

Aber das sagte Maja nicht. Sie sagte zu Natalie:

«Well, my love, solange du weisst, was du willst, wird es auch einen Weg geben. So, wie du von Roman sprichst – also irgendwann muss ich ihn auch kennenlernen! –, ist ihm klar, was er in diesem Leben tun will. Und wenn du da voll mitmachen willst und wirst, dann geht alles.

«So, und jetzt gehen wir ein Bier trinken. Benno und Kris sind dort drüben, also komm, Natalie, es ist Samstag. Time to relax.»

12

Sent, 30. November 1969

Meine allerliebste Natalie

Es ist nun schon so lange her, seitdem wir zusammen auf der Wiese bei der Engi, nahe der jungen Landquart und im Schatten der stattlichen Fichte, zusammen in Ruhe reden und träumen konnten. Wie sehr ich diese Erinnerungen liebe.

Ich danke dir für deine lieben Zeilen, Nachrichten, Lebenszeichen. Obwohl das Schreiben, wie du weisst, meine Leidenschaft ist – neben dir, meine Herzdame –, bin ich letzthin einfach nicht dazu gekommen, dir zu antworten.

Seit ein paar Wochen bin ich zuhause bei meiner Mutter in Sent. Ich habe ihr mit der Installation eines neuen Kochherds geholfen, die fast grauen Wände in der Küche weiss gestrichen, die losen Fugen im Dachgeschoss repariert, usw. Zudem helfe ich Dumeng (mein bester, engster Jugendfreund) jeden Tag auf dem Bauernhof. Seine Eltern werden älter, und die 24 Kühe, 8 Ziegen, 45 Hühner und das Winterfest-Machen des ansehnlichen Gemüsegartens erfordern eine Menge Arbeit. Ställe ausmisten ist mein Lieblingsjob! Zweite Priorität ist Kühe melken…

Du sagst es richtig, Natalie: Wir müssen unserer inneren Stimme, unseren Träumen, unserer Eingebung folgen. Es muss ja einen Sinn ergeben, dieses Leben. Und auch der Grund, warum du mich und ich dich getroffen habe. Ich glaube voll und ganz, dass das Leben uns immer Möglichkeiten bietet, uns selbst mehr und mehr zu dem zu entwickeln, wofür wir geboren sind.

Und, wie ich das so sehe, sind du und ich geboren und zusammen gekommen, um in einer gemeinsamen Zukunft dem Leben mit gesundem Menschenverstand, mit Ethik und Integrität, mit Liebe und Verständnis gerecht zu werden. Das tönt vielleicht etwas geschwollen, nehme ich mal an; aber ich bin überzeugt, dass wir es in uns haben, ein natürliches, gesundes, naturverbundenes Leben zusammen zu führen.

Am liebsten würde ich das mit dir in Kanada verwirklichen. Ich bin daran, eine Einwanderungsgenehmigung zu erhalten. Nicht einfach. Die Bürokratie blüht leider überall auf der Welt. Am einfachsten wäre es natürlich, wenn wir verheiratet wären...

Ja, ich weiss, das kommt jetzt etwas schockartig. Sorry. Ehrlichkeit ist eben auch ein Bestandteil einer guten Beziehung, nicht wahr. Deine Eltern werden dagegen sein. Vor allem deine Mama. Mit deinem Papi bin ich eigentlich gut zurechtgekommen im letzten Sommer. Er scheint mir aufgeschlossen und im Grunde gutmütig. Vielleicht brauchen wir die Hilfe deines Onkels Stefanos, von dem du mir erzählt hast?

Und du, meine Bergfee? Was denkst du? Kannst du dir vorstellen, mit mir ein völlig neues Leben in der Wildnis von Kanada aufzubauen? Willst du mich heiraten?

Viele GROSSE Fragen auf einmal. Ich weiss. Aber wenn ich das jetzt nicht tue, dann haben wir vielleicht keine Gelegenheit mehr. Wenn du über Weihnachten im Silvretta bist, werden wir vermutlich nicht allzu oft Gelegenheit haben, miteinander lange Gespräche zu führen und Pläne zu diskutieren. Also hier ist mein Vorstoss, wenn auch nicht sehr subtil und leider auch nicht romantisch. Ich wäre viel lieber mit dir bei Vollmond im hellen Schnee irgendwo oben bei Selfranga gekniet und hätte dir so einen Antrag gemacht…

Weihnachten/Neujahr wird hektisch werden im Silvretta. Hast du mitgekriegt, dass Josephine Baker zu Silvester eine Show im Hotel macht? Hmmm…. weisst du überhaupt, wer sie ist? Eine ausserordentliche Frau. Früher nannte man sie die Schwarze Venus. Sie tanzte in den 20er Jahren in gewissen Revuen mit einem "Bananenröckchen" und sonst nichts! Wie du dir vorstellen kannst, brachte sie das (männliche) Publikum zum Rasen.

Josephine stammte ursprünglich aus ärmlichen Verhältnissen im Staate Missouri in den USA. Später wurde sie Mitglied der französischen Résistance und hat sich mehrere Medaillen für ihren Einsatz erworben. Sie unterstützte Bewegungen, die sich gegen Rassismus auflehnten, und protestierte auf ihre Art: sie adoptierte 12 Waisenkinder aus verschiedenen Kulturen – das wurde ihre berühmte „Regenbogenfamilie". Grossartig, nicht wahr!

Du wirst bestimmt ihr bekanntestes Lied 'J'ai deux Amours' an Silvester zu hören kriegen. Vermutlich wird dir all dies nicht sehr spannend vorkommen. CCR wäre dir bestimmt lieber... Trotzdem, diese Frau hat Geschichte geschrieben. Sie ist heute – mit über 60! –

übrigens wieder auf der Bühne, weil sie Geld braucht für ihre grosse Familie. Ausserordentlich, wirklich. Hut ab (wenn ich einen hätte…).

Meine allerliebste Natalie, ich hoffe, ich habe dich mit meinen Gedanken, Ansichten und Vorschlägen weder gelangweilt noch schockiert. Wir werden Zeit finden im Dezember (oder spätestens im Januar), um uns klar zu werden, wie genau wir die Sache ins Rollen bringen. Ich vertraue darauf, dass du mit meinen Plänen einverstanden bist – nicht, weil es meine Pläne sind, sondern weil du dies auch möchtest.

Und so gehe ich jetzt ruhiger schlafen, weil ich dir endlich geschrieben habe. Vergib mir, meine Bergfee, dass es so lange gedauert hat. Nur noch ein paar Wochen (24 Tage, denke ich), bis wir uns wiedersehen!

Du bist immer in meinen Gedanken und in meinem Herzen.
Roman

13

Als Maja Romans Brief gelesen hatte, war sie ungewöhnlich ruhig. Die beiden Freundinnen sassen in Majas Bude im Kleinbasel auf dem Bett, das mit einer wollenen, herrlich farbigen Decke aus Guatemala überzogen war. Es roch nach Patchouli, und auf dem kleinen Mahagoni-Tischchen brannten drei schlanke Bienenwachs-Kerzen in einem silbernen Kerzenständer.

«Das ist… well… aussergewöhnlich», brachte Maja endlich hervor. «Und jetzt?»

Natalie schaute in die schönen, immer leicht traurig blickenden, dunklen Augen ihrer besten Freundin. Sie sagte nichts. Beide sagten nichts. Das Schweigen war wie eine dicke, schwere Wolke, die sich langsam im sonst so gemütlichen Zimmer ausbreitete.

Maja liess den Brief, der auf prächtigem, handgemachtem Briefpapier mit Tinte geschrieben war, aufs Bett fallen und stand auf. «So, jetzt mache ich uns beiden einen Gin Tonic. Und dann raus mit der Sprache, Natalie!»

Natalie wollte nicht darüber nachdenken. Sie wollte nicht darüber reden. Sie wollte sich unter der Decke verkriechen und nichts hören, nichts sehen und nichts sagen. Sie war überfordert. Sie fühlte sich hin und her gerissen. Und mehr noch, sie fühlte sich vor den Kopf gestossen.

Sie hatte diese herrlich prickelnde Verliebtheit mit Roman so wunderbar, richtig, tief, romantisch und doch auch mit einem Hauch von unbegrenzter Zukunft empfunden. Und jetzt, wo es darauf ankam, war sie sich nicht mehr sicher. War das wirklich, was sie wollte? Alles zurücklassen, ihre Freunde und Familie, und an einem völlig fremden Ort vollkommen neu anfangen? Konnte sie das?

Sie nahm den Gin Tonic, den Maja ihr gebracht hatte, wie automatisch entgegen und trank einen Schluck. «Huch, da hast du genug Gin rein getan…»

«Ist wohl nötig, sweetheart. Also, ich seh's dir ja schon an: du bist hoffnungslos durcheinander. Tja, für Roman ist das alles kein Spiel, im Gegenteil. Und eigentlich hast du ja auch immer gesagt, dass dies anders sei und richtig und wichtig und so weiter. Nun? Die Stunde der Wahrheit ist gekommen, so scheint mir.

«Weisst du was, Natalie? Sprung nach vorne. Sprich mit deinem Papi. Besser noch: setz dich nun mal wirklich hin für ein paar Stunden am Abend und versuche, deine eigene Stimme zu hören. Wie Stefanos dir vorgeschlagen hat. Vielleicht wär's auch gar nicht so dumm, ein paar Notizen von deinen Gedanken zu machen.

«Wie kannst du nun auch plötzlich nicht mehr wissen, was du willst? Also, das übersteigt selbst meine Fantasie. Meine Mutter sagte oft: Shit or get off the pot! Also entweder oder. Was ist denn mit deiner enormen Verliebtheit passiert? Du bist ja auch kein Teenage-Tussy mehr, Natalie. Siebzehneinhalb, for Heaven's sake.»

Maja war die Luft ausgegangen. Wenn sie aufgeregt war, tauchten immer mehr englische Wörter in ihren

Sätzen auf. Sie warf ihre langen, schwarzen Haare mit Schwung nach hinten und stürmte zum Fenster. Sie hatte schon sehr früh lernen müssen, auf eigenen Beinen zu stehen. Mit dreizehn schmiss sie mühelos den ganzen Haushalt, holte Spitzen-Noten in der Schule und arbeitete abends im Krämerladen an der Ecke.

Natalie ist in einer Familie aufgewachsen, in der ihr Leben irgendwie beschützt war, dachte sie. *Dabei ist sie so ein kluges Ding und so mutig manchmal. Und sie hat ein grosses, offenes Herz und unendlich viel Mitgefühl.*

«Sorry darlin'! Ich hab das nicht so drastisch gemeint. Ich denke mal, du bist unter Schock. Nimm noch einen Schluck, das beruhigt. Und dann, wirklich, geh in dich, höre auf dein Herz. Wofür bist du hier, Natalie? Was ist deine Berufung? Deine Rolle in diesem Leben? Was macht Sinn für dich? Du wolltest doch was tun gegen Krieg und Elend und Verschmutzung. Make Love not War…

«Ich glaube, Roman hat recht. In einem Land wie Kanada könntet ihr zwei zusammen viel mehr erreichen. Also, du hast noch drei Wochen, bis ihr nach Klosters fährt. Wenn es dir bis dann nicht klar wird, dann wird es dir nie klar werden. Und wenn das der Fall wäre, dann wäre es eben der Fall. Wär' schade, aber wär' nicht das Ende der Welt, sondern der Anfang von etwas Neuem.

«Cheers, my friend! Ich freue mich schon jetzt auf all die Neuigkeiten!»

Als Natalie mit dem Tram durch das weihnachtlich erleuchtete Basel nach Hause fuhr, fühlte sie sich bereits viel besser. Ein grosser Felsbrocken, so gross wie das Matterhorn, war von ihren Schultern gefallen. Maja war eine grossartige Freundin. Loyal und weise.

14

Natalie hatte es knapp vor den Ferien geschafft, mit ihrem Papi zu reden. Aber eigentlich war das unnötig gewesen. Kurt Steiner verstand seine Tochter vollkommen. In Romans Schuhen hätte er als junger Mann genau gleich gehandelt. Aber das konnte er Natalie nicht sagen. Er konnte und wollte ihr auch nicht erzählen, dass er damals in Kalifornien eine grosse Liebe zurückgelassen hatte. Stefanos wusste das natürlich. Die beiden waren damals in Berkeley dicke Freunde gewesen. Die Erinnerungen überfluteten Kurt wie eine der riesigen Wellen des Pazifik:

Die UC Berkeley war schon seit ihrer Gründung im Jahre 1868 anders als andere Universitäten. Bereits 1930 wurde das International House eröffnet, in dem Studenten aus allen Ländern, Frauen und Männer, von jeglicher ethnischen Abstammung und Hautfarbe (zum Entsetzen von vielen) immatrikuliert wurden. Der Slogan der UCB wurde legendär: *A power for peace through human understanding.*

Kurt aus der Schweiz und Stefanos aus Griechenland – eine Bekanntschaft, die sich im Jahre 1946 auf dem Campus von UC Berkeley innert ein paar Stunden zu einer Freundschaft entwickelte, die bis zum Lebensende der beiden währen würde. Es war Nachkriegszeit, und die Hoffnung der jungen Generation für eine bessere Welt war gross. Es herrschte eine intensive Feuer- und Flamme-Stimmung unter den Studenten und Studentinnen.

Kurt verliebte sich in den dunklen Lockenkopf Lola, und Stefanos in die kleine, zwirblige Audrey mit dem strahlenden lachen und einem blonden Bubi-Haarschnitt. Zu viert wurden viele nächtliche Stunden ohne Schlaf in Lola und Audreys Zweizimmer-Wohnung an der La Loma Avenue durchgemacht. Mit mehr als bloss Melancholie dachte Kurt an diese unvergesslichen Nächte – es wurde diskutiert, getrunken, geträumt und geliebt.

Kurt wollte nicht mehr zurück in die Schweiz. Sein Studentenvisum war jedoch Ende 1947 abgelaufen, und es gab keine Möglichkeit der Verlängerung. Er diskutierte und recherchierte wochenlang zusammen mit Stefanos, was er tun könnte. Und wenn er doch zurück müsste, dann aber mit Lola. Etwas anderes lag für ihn ganz und gar nicht drin. Aber Lola wollte die USA keinesfalls verlassen; sie hatte geplant, Ende des Jahres wieder in ihre Heimat nach New Orleans zurückzukehren.

Es dauerte lange, bis Kurt sich wieder an Basel gewöhnt hatte, an die Schweizer Sturheit, die alles Wilde oder Fremde ablehnte, an die Steifheit der eingesessenen Basler. Auch Stefanos hatte seine Audrey in den USA zurücklassen müssen, aber das war natürlich kein Trost. Wann immer Kurt die Zeit dafür fand, schrieb er Stefanos, der ihm stets innert weniger Wochen antwortete. Und wenn immer möglich, ging Kurt Stefanos auf dem vulkanischen Felsen, wie er Nisyros nannte, besuchen.

Der Besuch auf Stefanos' Insel (wie Natalie Nisyros nannte) mit der ganzen Familie in diesem Sommer war aussergewöhnlich gewesen. Im Nachhinein musste Kurt sich eingestehen, dass es trotzdem – oder vielleicht auch deshalb – ein grosser Erfolg gewesen war. Stefanos verstand sich ausgezeichnet mit den drei Mädchen und blühte in ihrer Gesellschaft richtig auf. An den milden, samtblauen Abenden unter den glitzernden Sternen hatten Kurt und Stefanos jeweils genügend Zeit gehabt, sich stundenlang an ihre strahlenden Jahre in Kalifornien zu erinnern. Manchmal wandten sich ihre Gespräche dem Mysterium des Lebens selbst zu, der Welt, wie sie war und ist, den vergessenen, verlassenen Göttern – und ja, auch den verwirrenden Fragen über den Tod.

Und nun zurück zu Natalie mit ihrem Roman. Kurt hätte ihr gerne geholfen. Aber er wusste, dass das der sicherste Weg zu einer Ehekrise mit Denise wäre. Und das wollte er nicht riskieren. Nicht nur seiner Stellung im öffentlichen Leben wegen, sondern auch, weil er seine Frau trotz ihrer herablassenden und manchmal beinahe gefühllosen Art liebte. Denise hatte eine schwere, lieblose Kindheit gehabt und war in Kurts Armen erst richtig aufgeblüht. Sie war ihm eine treue Gefährtin, die wundervoll kochte und fantastische Einladungen gab.

Nein, seine Ehe wollte er nicht aufs Spiel setzen, auch nicht für seine geliebte Tochter Natalie.

Kurt und Natalie sassen im Wohnzimmer der altmodischen, aber gemütlichen und stilvoll eingerichteten Wohnung am St. Albanring in Basel. Kurt auf seinem dunkelbraunen, leicht abgewetzten Ledersessel mit einem Glas Whisky in der Hand, und seine Tochter auf dem in Natalies Augen hässlichen, olivgrünen Sofa.

«Aber Papi, du sagst, du verstehst mich, und trotzdem lässt du mir keine Möglichkeit, mit Roman zusammen zu leben, ihn zu heiraten, mit ihm etwas aufzubauen. Er ist ja kein Idiot, im Gegenteil. Er ist intelligent, hat einen gesunden Menschenverstand und weiss, was er will. Und ich liebe ihn.»

«Natalie, ich weiss. Aber überleg dir doch mal: Du bist erst 17 u…»

Natalie hatte ihren Vater lautstark unterbrochen: «Ich werde 18 im kommenden Jahr!»

«OK, du wirst 18. Richtig. Du hast die Matura zu machen und dann zu studieren, damit du in deinem Leben auf deinen eigenen Beinen stehen kannst. Was immer du studieren möchtest, es wird Jahre dauern, bis du einen Abschluss hast. Und falls du nicht studieren willst, müsstest du eine Lehre machen, die auch mindestens drei Jahre dauert. Wie stellst du dir das denn vor?»

«Ich brauche nicht studieren, Papi. Und lernen kann man vieles ohne eine offizielle Lehre. Und das kann ich auch zusammen mit Roman.»

Das Gespräch ging hin und her auf diese Weise, und zu einer Lösung oder einem Einverständnis kam es nicht. Natalie stand nach fast einer Stunde plötzlich auf, rannte zur Tür, die sie öffnete und dann hinter sich zuschlug, und ward nicht mehr gesehen. Kurt hatte das vorausgesehen. Es tat ihm tief im Herzen weh, seine Tochter so sehr enttäuschen zu müssen. Er kam sich vor, wie wenn er sie im Stich liesse. *Es ist wirklich nicht einfach, sich entweder für eine Tochter oder eine Ehe entscheiden zu müssen...* dachte er düster. Er stürzte seinen Drink hinunter und ging in sein Büro hoch.

Ein paar Jahrzehnte später, als Kurt auf seinem Sterbebett lag, würden er und Natalie nochmals darüber sprechen. Er würde ihr von Kalifornien und von Lola erzählen. Von seiner Ehe mit Denise, die trotz allem eine gute und wichtige Partnerschaft in seinem Leben gewesen war. Vater und Tochter würden sich mit Tränen an den Händen halten und einander endlich wirklich verstehen.

Aber natürlich wussten damals im Dezember 1969 weder er noch Natalie, wie die Zukunft aussehen würde.

15

Der 25. Dezember 1969 war ein Donnerstag. Natalie war seit ihrem Gespräch mit Papi etwas verstört, aber nun waren sie alle im Silvretta, und die Stimmung wurde von Stunde zu Stunde fröhlicher. Zur Feier des Tages assen die Steiners in der Rôtisserie. Und zu jedermanns Überraschung servierte Roman.

Es gab ein herrlich zartes, rosa gebratenes Lammcarré mit Feigensauce und Kräuterkartoffeln als Hauptspeise. Unter ihrem Teller fand Natalie ein Zettelchen von Roman: *Hast du Zeit morgen nach dem Frühstück? In der Bar, ich muss aufräumen, niemand dort. RC*

Natalie fand eine Ausrede, um für ein paar Minuten am nächsten Morgen in der Bar zu verschwinden. Roman hatte die Tür, die sonst morgens geschlossen war, offen gelassen und war bereits am Gläser-Polieren, als Natalie eintrat. Sie liebte den Geruch der Bar: abgestandener Zigarettenrauch, altes Leder, ein Hauch von Zitrone und Alkohol.

Sie stand unschlüssig da, hingerissen von Romans Anblick. Ja, sie liebte ihn. Sie hatte keine Zweifel. Er trug verwaschene Jeans und einen dicken, dunkelblauen Wollpullover. Mit der linken Hand strich er eine Strähne seines dichten, braunen Haars zurück. Dann lächelte er sein umwerfendes Halblächeln, kam zu ihr, umarmte und küsste sie. Und wie beim ersten Mal auf der Wiese bei der Landquart begann der Kuss langsam und weich und sanft.

«Endlich, meine Bergfee, endlich!» Mehr Küsse.

«Roman, ich muss gleich skifahren gehen. Du weisst ja, Mama hat Margo und mich wie immer in der Skischule angemeldet. So was von unnötig… Wir müssen uns an einem Abend treffen, an dem du nicht bis spät arbeitest.»

«Gut, Natalie, ja. Montagabend. Nach deinem Abendessen. Wir sagen, wir gehen in die Casa Antica. Ich warte draussen, es ist nicht allzu kalt.»

* * *

Endlich Feierabend für die Silvretta Brigade. Im

Zimmer 1, gemütlich auf dem übergrossen Bett sitzend, holte Roman sein Notizbüchlein hervor:

Weihnachten 1969. Beinahe Mitternacht. Natalie ist hier. Am Montag können wir uns treffen. Es wird gut werden. Ich habe immer Vertrauen gehabt ins Leben oder die Götter oder das Universum. Ohne Vertrauen zu leben, wäre für mich undenkbar.

Auch wenn ich schon mehr als einmal auf die Schnauze gefallen bin, ich bin immer wieder aufgestanden. Und jedes Mal, wenn was schief gegangen ist, habe ich etwas gelernt, das mich in meinem kleinen, wichtigen, unwichtigen Leben weitergebracht hat.

Natalie wird sich wundern, wie meine Pläne vorangekommen sind. So wie mein Onkel in Alberta schreibt, sollte meiner Einwanderung nichts im Wege stehen. Und wenn wir verheiratet sind – voilà, meine Frau kommt natürlich mit.

Und was, wenn Natalie doch nicht ja sagt? Ihrer Eltern wegen? Hör auf, Roman. Erinnere dich, Vertrauen! VERTRAUEN!!

Gestern habe ich ein Gedicht geschrieben. Auf Englisch. Für Natalie.

The beloved

Broken open
so unexpectedly
silence speaking the unspoken

Tears of relief
I found you
as if I had lost you

And no, it's not you
it's not me either

It's the singing
of two tuning forks
in perfect harmony

The Gods
directing the dream

You are the beloved

16

Februar 2022

Natalie öffnete die Augen – und schloss sie gleich wieder. Alles war gleissend, blendend weiss.

Ich bin ja hier, auf der Bank bei Garfiun, erinnerte sie sich. *Nun war ich aber wirklich weg. Vollkommen in der Vergangenheit. Wie wenn Zeit und Raum vollkommen biegsam wären. Illusorisch vielleicht, eine von Menschen erfundene Nicht-Realität. Stefanos hatte dies oft angedeutet…*

Ihr Gesicht fühlte sich heiss an, aber der Rest von Natalies Körper fror. Es war höchste Zeit, dass sie sich auf den Weg hinunter nach Garfiun machte. Sie hatte die Schneeschuhe angeschnallt gelassen, knöpfte die Jacke wieder zu, zog Handschuhe und Sonnenbrille an und stand auf.

So steif kann ich doch nach dieser kurzen Zeit auf Schneeschuhen nicht sein! Auch mit fast 70 doch nicht!

Das Schneeschuhlaufen abwärts ging wunderbar. Die Alp Garfiun hatte bereits einige Gäste, die draussen auf den Holzbänken mit Schaffellen in der Sonne sassen. Natalie hatte für den Moment genug von Sonne und Winterluft, sie ging hinein in die gemütliche Gaststube.

Der herbe, heimelige Geruch von Arvenholz. Und von Gerstensuppe. Das war genau das richtige. Dazu ein 'Zweierli' Malanser Pinot Noir. Und danach vielleicht sogar einen Glühwein. Natalie fühlte sich warm, geborgen, wohlig. Da die meisten Leute draussen sassen, blieb sie noch lange, nachdem sie bereits fertig gegessen hatte. Es war so herrlich behaglich. Sie genoss den Glühwein, der solch eine angenehme, träumerische Wirkung auf sie ausübte. Die Erinnerungen kamen so leicht und klar.

* * *

Am Montagabend, 29. Dezember 1969, trafen sich Natalie und Roman um genau 20 Uhr 30 draussen vor dem Silvretta. Margo, der junge Rocco, Kenny und zwei Mädchen, die Natalie nicht kannte, waren auf dem Weg zur Casa Antica. Roman und Natalie gingen durch den Hintereingang wieder ins Hotel.

Natalie wusste nicht, wie viele Treppen sie hochgestiegen waren, bis sie ganz oben im Dachstock vor einer Tür standen, an der ein rotes Schild mit weisser Schrift hing: Zimmer 1.

«Ist das wirklich die Nummer deines Zimmers, Roman?»

«Nein, nein, nicht offiziell. Aber für mich ist es eben das Zimmer 1 und so habe ich mir dieses Schild anfertigen lassen.»

Da war es wieder, das leise, verschmitzte, wild-charmante Lächeln. Unwiderstehlich.

Eigentlich wollte Roman zuerst mit Natalie reden. Doch das lag nun einfach nicht mehr drin. Nach einem langen, sanften und dennoch feurigen Kuss öffnete er langsam den Reissverschluss an der Rückseite von Natalies Hosenanzug und half ihr, ihn auszuziehen. Er entkleidet sich schnell und zog Natalie auf sein grosses Bett. *Ich habe mir das so oft vorgestellt,* verwunderte er sich, *und jetzt ist es Wirklichkeit geworden...* Er küsste ihre Augen und ihren Mund, ihren zarten Hals, ihre vollen Brüste. Dann hielt er inne, noch immer ihre Arme und Hände streichelnd. Sanft strich er ein paar Locken aus ihrer Stirn und fragte mit seiner sonoren Bündner Stimme: «Hast du Bedenken, meine Bergfee?»

Natalie schüttelte den Kopf, sie hatte absolut keine Bedenken mehr. Roman war so zärtlich, so rücksichtsvoll, so liebevoll. Sie wollte nichts anderes als seinen Körper zu spüren und ihn in den warmen, tiefen Kern ihres Frauseins zu nehmen. Das Bett war weich, die Kerze auf dem Fenstersims flackerte, und alles war genauso, wie es sein sollte.

* * *

Lange hielten sie sich in den Armen, zärtlich küssend, ohne Worte. Ob es Momente waren oder Jahrtausende, Natalie wusste es nicht. In der süssen Nachglut ihrer ersten Liebesnacht schien die Welt schöner und besser als je zuvor. Das Leben war lebenswert. Da war Hoffnung – und die Zukunft leuchtete mit Abenteuer, Geheimnissen und Liebe.

Wieder strich Roman ein paar der wilden Locken aus Natalies Stirn. «Wir sollten reden, Liebes. Über uns. Unsere Pläne. Ich habe einen Onkel in Kanada, der mir hilft, einzuwandern. Sollte eigentlich problemlos über die Bühne gehen. Und du, meine Bergfee, wirst als meine Frau mitkommen. Natürlich müssen wir zuerst wirklich heiraten…»

Roman stand auf, sein muskulöser Körper glänzte im Kerzenlicht, das ausdrucksvolle Gesicht mit seinem Jesusbärtchen war ernst. Er kniete vor dem Bett und vor Natalie nieder: «Willst du mich heiraten und mit mir ein neues Leben aufbauen, Natalie?»

Seine Augen, mein Gott, seine Augen sind so tiefgründig, so ehrlich, so herzerweichend – dieser Blick durchdringt mein Herz und meine Seele. Natalie nahm sein Gesicht in ihre Hände, schaute in seine braunen, Gold-gefleckten Augen und sagte ohne jegliches Zögern, ohne irgendwelche Unklarheit: «Ja.»

17

Und schon war es Silvester. Das berühmte, berüchtigte, verrückte Jahr 1969 ging zu Ende. Das neue würde in ein paar Stunden beginnen. Für Natalie und Roman ein neues Leben.

Der grosse Festsaal im Silvretta war geschmückt mit glitzernden Girlanden. Auf den weiss gedeckten Tischen befanden sich nebst den Kerzen in eleganten, silbernen Kerzenständern bereits Tischbomben mit Hütchen und Tröten, Knallbonbons und Luftschlangen für später. Das reichhaltige und ausgezeichnete Dîner war vorüber, im Hintergrund spielten die Bar-Musiker dezent ihr Repertoire.

Und dann – Fanfare! Da war sie, die berühmte Josephine Baker. Im Glitzer-Kostüm und mit hohen Stiefeln sang sie ihre Lieder. Natalie war innerlich nicht wirklich dabei, doch sie musste zugeben, für eine über 60 Jahre alte Dame war die Schwarze Venus grossartig. 'J'ai deux Amours...'

Roman war natürlich auch da, in seiner eleganten, schwarz-weissen Kellner-Bekleidung mit schwarzer Satin-Fliege. Natalie war in seinen Anblick vertieft und in die Erinnerung an die zärtlich-leidenschaftliche Nacht im Zimmer 1. Sie überlegte ohne viel Enthusiasmus, wie sie ihren Eltern ihre Entscheidung am besten beibringen würde; vielleicht zuerst nur Papi.

Ihre Gedanken wurden von Josephine Baker unterbrochen, die neben ihr stand und irgendein Lied sang. Sie nahm Natalies Hand, drehte sie um und sagte leise: «Your life will be an interesting adventure. Follow your dreams, always. More I cannot tell you.» Und schon war sie wieder zwischen anderen Tischen und sang 'Paris, Paris, Paris'. Natalie war völlig verwirrt. Was war das nun?

Happy New Year! Bonne Année! Äs guats Nüüs !

Champagnerkorken knallten und flogen durch den Saal. Die Tischbomben wurden gezündet, die Hütchen angezogen, die Tröten tröteten, die Knallbonbons knallten. Die Band spielte Etta James, Louis Armstrong,

Frank Sinatra. Alles Lieder nach dem Geschmack ihrer Eltern, die Natalie nicht ausstehen konnte.

Roman hatte sie beobachtet. Er hatte gesehen, dass Josephine ihre Hand genommen und ihr etwas gesagt hatte. Am liebsten hätte er sie gleich danach gefragt. Aber das ging natürlich nicht. Man musste ja den Status Quo aufrechterhalten. Natalie erzählte Roman erst einige Jahre später davon.

Er fand, dass Natalie hinreissend aussah. Elegant, aber nicht aufgetackelt. Sie trug ein dunkelblaues Kleid mit dezentem, weissem Muster und Silberstrümpfe. Und sie hatte ihre wilden Locken gebändigt, so dass ihr dunkelblondes Haar in weichen, glänzenden Wellen auf ihre Schultern fiel. Ihr Makeup war dezent und hob das Leuchten ihres bezaubernden Gesichts hervor.

Also hier war es, das neue Jahr. 1970. Es würde das Jahr der grossen Veränderung, das Jahr seines neuen Lebens sein. Roman war sich dessen absolut sicher. Seine Gedanken weilten bei ihrer Liebesnacht.

Vielleicht sollte er wie in alten Tagen einfach um Natalies Hand anhalten…

Er wurde vom glutäugigen Gino, seinem Kellner-Kollegen, aus seinen Träumereien herausgerissen. «Aber mache vorwärts jetze, amico. Cosa sogni?»

* * *

Roman konnte nicht schlafen. Es war bereits halb drei. Er lag zwar müde auf seinem Bett, doch die Gedanken wollten nicht Ruhe geben. Er würde Natalie irgendwie wissen lassen, dass er mit ihrem Vater sprechen würde. Auf die Gefahr hin, dass es schief gehen könnte. Aber eine andere Lösung sah er im Moment nicht. Er würde zudem versuchen, am Morgen seinen Freund Dumeng aus der Telefonkabine anzurufen.

Bevor er endlich in einen tiefen Schlaf fiel, las Roman das Gedicht *Stufen* von Hermann Hesse. Er liebte und bewunderte Hesses Werk. In vielen schwierigen Situationen hatte ihm dieses Gedicht Trost gespendet:

Stufen

Wie jede Blüte welkt und jede Jugend
Dem Alter weicht, blüht jede Lebensstufe,
Blüht jede Weisheit auch und jede Tugend
Zu ihrer Zeit und darf nicht ewig dauern.
Es muss das Herz bei jedem Lebensrufe
Bereit zum Abschied sein und Neubeginne,
Um sich in Tapferkeit und ohne Trauern
In andre, neue Bindungen zu geben.
Und jedem Anfang wohnt ein Zauber inne,
Der uns beschützt und der uns hilft, zu leben.

Wir sollen heiter Raum um Raum durchschreiten,
An keinem wie an einer Heimat hängen,
Der Weltgeist will nicht fesseln uns und engen,
Er will uns Stuf´ um Stufe heben, weiten.
Kaum sind wir heimisch einem Lebenskreise
Und traulich eingewohnt, so droht Erschlaffen;
Nur wer bereit zu Aufbruch ist und Reise,
Mag lähmender Gewöhnung sich entraffen.

Es wird vielleicht auch noch die Todesstunde
Uns neuen Räumen jung entgegen senden,
Des Lebens Ruf an uns wird niemals enden,
Wohlan denn, Herz, nimm Abschied und gesunde!

Teil Zwei – Kanada

1

Romans Swissair Flug landete am 22. April 1970 in Toronto, Kanada – der erste Earth Day in den USA. Was für ein vielversprechender Anfang für ein neues Leben! Einer der berühmtesten Hippies der 60er Jahre führte die Festlichkeiten in Philadelphia an. Es waren die friedlichsten Demonstrationen von Millionen von Menschen in beinahe allen Städten des Landes, die Amerika je gesehen hatte.

Pearson International Airport. *Gross, nicht schön*, dachte Roman. Aber er musste ja bloss durch die Immigration, seine Papiere hatte er, und dann auf einen Flug nach Edmonton mit CP Air umsteigen. Dort würde sein Onkel ihn erwarten.

Er freute sich auf das Leben in diesem riesigen Staat, wo es noch so viele Gebiete gab ohne jegliche Zeichen von Zivilisation. Die Weite, die er vom kleinen Flugzeugfenster aus erblickt hatte, war unglaublich. Er freute sich auch auf seinen Onkel, den er seit seiner Kindheit nicht mehr getroffen hatte. Uncle Wally. Er musste schmunzeln. Als Wally noch in Sent lebte, hiess er Walter.

Immigration und Zoll waren problemlos verlaufen. Roman setzte sich auf einen der unbequemen, mit blauem Kunstleder überzogenen Stühle beim Abfluggate. Er dachte an Natalie. Und daran, wie doch alles schief gegangen war. Jedenfalls vorläufig.

Zwei Tage nach Silvester hatte Roman Gelegenheit gefunden, mit Kurt Steiner in der noch geschlossenen Bar zu sprechen. Er hatte Natalies Vater offiziell und mit seinem ganzen Mann-zu-Mann Charme um die Hand dessen Tochter gebeten. Das war wohl altmodisch, doch Roman war sich sicher, dass es die einzige Art und Weise war, die Dr. Steiner überhaupt annehmen würde.

Roman war an jenem Freitagmorgen vom Geruch des abgestandenen Zigarettenrauchs beinahe übel geworden. Es half auch nicht, dass Natalies Vater trotz ehrlichem Verständnis für die beiden zu seinem Standpunkt hielt:

«Roman, du weisst, dass du mir sympathisch bist. Du weisst auch, dass ich meine Tochter liebe. Ich verstehe, wie ihr euch fühlt. Und ich danke dir, dass du so ehrlich und mutig mit mir sprichst.

«Es ist zu früh - für euch beide. Natalie muss ihre Schule beenden und dann eine Ausbildung in Angriff nehmen. Und ich denke, es wäre für euch beide am besten, wenn du dich zuerst in Kanada etablieren würdest. Danach können wir doch alle weitersehen.»

Das Gespräch war weder unangenehm noch unerwartet verlaufen. Trotzdem fühlte Roman sich noch immer, wie wenn ihm jemand einen Schlag in die Magengrube verpasst hätte. Mit anderen Worten: er fühlte sich oft elend und traurig, obwohl er sich auf das Abenteuer Kanada wirklich freute. Natalie würde ihm nachfolgen, das wusste er.

* * *

Romans Flug nach Edmonton verlief genauso ereignislos wie sein Flug von Zürich nach Toronto. Er war erleichtert, dass die Winde anscheinend günstig waren für den Beginn eines neuen Lebens.

«Hey there, young man!» Das konnte nur Uncle Wally sein. Gross, mit Schultern wie ein Holzfäller und natürlich mit Cowboy-Hut und -Stiefel. Jeans, ein dicker Ledergürtel mit einer riesigen Silberschnalle in Form eines Stierkopfs und das blau-schwarz-weiss karierte Hemd, das über dem ansehnlichen Bauch spannte, vervollständigten das Bild. Sein breites Lachen im braungebrannten, glattrasierten Gesicht war offen und herzlich.

Roman fühlte sich wie ein Kind in Wallys bärenstarker Umarmung. Sein Gepäck, ein übergrosser, roter Reiserucksack, kam prompt, und so verliessen die beiden den Flughafen innert kürzester Zeit. Draussen war es mehr als frisch, ein eisiger Wind wehte von Norden, und Romans Hände waren im Nu steif geworden. *Kanadas Ruf, ein eisiges Land zu sein, ist tatsächlich nicht übertrieben,* ging es dem Schweizer Bergler durch den Kopf.

Wallys dunkelblauer Pickup Truck, ein grosser, alter GMC, ratterte bald darauf gen Nordwesten. Ausserhalb der Stadt waren die Felder noch gefroren, und teilweise lag noch Schnee. Albertas Norden war rau und weit, Wildnis und Wald durchmischt mit riesigen Farmen. In der Ferne konnte Roman im bläulichen Dunst die weissen Gipfel der Rocky Mountains erblicken.

Der Truck roch nach altem Kunstleder und Diesel, aus dem Radio schepperte Country Music. Roman fühlte sich mindestens 30 Jahre in die Vergangenheit versetzt. Es kam ihm vor, dass sich das Leben hier auf einer anderen Ebene abspielte, der Natur näher und weiter entfernt von der Zivilisation. Oder vielleicht einfach eine Zivilisation, die noch jung war und noch mit dem Land, dem Klima und dem Wechsel der Jahreszeiten verbunden schien.

Der alte GMC rumpelte und schnaufte sich dem Highway 43 entlang. Wally sagte, dass sie für die 500

Kilometer nach Beaverlodge zumindest acht bis neun Stunden brauchten. Sonst war Romans Onkel eher schweigsam oder jodelte mit den Country Songs um die Wette. Roman war das recht, so konnte er sich in die weite Landschaft vertiefen, die, je nördlicher sie kamen, von grauen, braunen oder weissen Feldern zu dunkelgrünen Wäldern wechselte. Er war gefangen von der Grösse der Farmen mit ihren oft rostrot gestrichenen Bauernhäusern und Ställen – kein Vergleich zu den winzigen Schweizer Bergbauernhöfen. Was ihn jedoch am meisten erstaunte, war das überwältigende Gefühl der Unendlichkeit dieses Landes.

Ob Natalie auch so fühlen würde?

2

Februar 2022

Am 16. Februar sass Natalie noch immer auf der Holzbank in der warmen Gemütlichkeit der Alp Garfiun und erinnerte sich, dass sie umgehend nach Romans Abreise an Onkel Stefanos geschrieben hatte. Sie erinnerte sich auch an seine Antwort, die sie heute morgen einem Impuls folgend in ihren Rucksack gesteckt hatte. Sie wollte den Brief mit seinen leicht ausgefransten Rändern und leicht verschmierter Tinte jetzt nochmals lesen:

Im Mai 1970

Agapiméni mou!

Sei herzlichst bedankt für dein Vertrauen und deine Freundschaft, liebe Natalie. Wie ich auch in meinem letzten Brief an dich geschrieben habe, erweist du mir damit eine grosse Ehre.

Roman ist nun in Kanada, und für eine junge Liebe und junge Menschen ist eine Trennung nie einfach. Ich riskiere es, wie ein alter Knacker zu tönen, der an alten Klischees hängt: So ist das Leben, Natalie. Es gibt uns immer wieder neue Herausforderungen, an denen wir entweder wachsen oder die wir ignorieren können. Jede Hürde ist eine Gelegenheit. Jeder Stein, der im Weg liegt, ist eine Chance.

Ein alter Meister hat mir einmal gesagt, dass die einzig wichtige Aufgabe eines Menschenlebens die Selbstentwicklung ist. Ohne sie sind wir als Menschen nicht nur verloren, wir sind auch nutzlos. Wenn wir mit uns und in uns selber klar sind, dann können wir in der Welt viel Gutes erwirken. Wir können die Energie auf dieser wunderbaren Erde erhellen und wirklich anderen Lebewesen helfen.

Es braucht eine Willigkeit, sich Herausforderungen zu stellen, um die Früchte, die die dornigen Sträucher von schwierigen Situationen und Phasen tragen, ernten zu können. Es braucht ein Innehalten, um auf die kleine, leise Stimme der Seele hören zu können. Oft ist es hilfreich, sich draussen in der Natur und entfernt von Gebäuden und Menschen in eine Wiese, an einen Strand, bei einem Baum hinzusetzen. So lernen wir wirklich sehen und hören.

Natürlich ist das alles für eine lebenslustige junge Frau wie du nicht einfach. Ich kann das verstehen. Doch einfach ist das Leben nie – und es soll es auch nicht sein. Versuche es einmal, liebe Natalie, und schreibe mir, welche Gedanken und Einsichten du erhalten hast.

Denk daran: Du bist immer in meinem Herzen.
Is to epanidín! Until we meet again!

Stefanos

PS: Ziehe in Betracht, dass Roman nun erst seinen Weg im fernen Kanada finden muss, bevor du ihm nachfolgst.

* * *

Als Stefanos seinen Brief nochmals durchlas, war er sich nicht ganz sicher, ob Natalie ihn wirklich verstehen würde. Ob er durch seine eigenen Erfahrungen von vielen Jahrzehnten die inneren Konflikte und Überlegungen eines jungen Menschen überhaupt richtig interpretierte.

Er erhob sich von seinem harten Holzstuhl, holte sich eine Cigarillo und ein Glas des herben griechischen Rotweins, den er liebte, und begab sich durch die kleine Hintertür auf die von leuchtend rosa Bougainvillea beinahe versteckte Veranda. Es war einer jener azurblauen Abende, an denen die Nachbarinseln von Nisyros beinahe unwirklich im Dunst über der südlichen Ägäis zu schweben schienen.

Stefanos trug wie meistens im Sommer seine ausgeblichenen Khaki-Shorts und sein weisses Baumwollhemd. Beides betonte seine dunkelbraune Haut, die meerblauen Augen und das dichte, silbergraue, kurzgeschnittene Haar. Er setzte sich auf einen der beiden Korbstühle, kreuzte seine noch immer muskulösen Beine und nahm einen tiefen Zug von seiner Cigarillo.

Die beiden, Roman und Natalie, erinnern mich so sehr an Natalies Vater und seine Lola, dachte er. *Was waren das für Zeiten damals in Berkeley! Und nichts, aber auch gar nichts hat sich dann im Leben von Kurt geändert. Er ist seiner inneren Stimme nur berufsmässig gefolgt.*

Wir waren Nachkriegskinder – eigentlich doppelte: geboren nach dem ersten Weltkrieg, erlebten wir den zweiten als junge Männer. Wir wollten nichts anderes als Frieden und Liebe und Freiheit. Und es schien genauso möglich damals in Berkeley anno 1946 wie in Woodstock im 1969. Die Hippie-Bewegung ist in vielem den Träumen und Hoffnungen, die wir hatten, beinahe absurderweise ähnlich.

Und trotzdem, so will es mir vorkommen, läuft alles so weiter wie bisher: Kurt hat Karriere gemacht, eine äusserst hübsche Frau geheiratet, die er zwar schätzt, aber nicht liebt; und die Welt dreht sich weiter in ihrem kriegerischen Machtgehabe wie Anfang dieses Jahrhunderts – und wie in all den vergangenen Tausenden von Jahren vorher. Der Vietnam-Krieg – eine Monstrosität...

Kann ich Natalie und Roman mit meinen Erfahrungen und Einsichten gerecht werden? Eine neue Liebe – und das Leben geht seinen gewohnten Lauf. Es gibt Momente, da sehe ich in das Herz meines alten Freundes, und es wird mir auch klar, warum er mit der Heirat nicht schon jetzt einwilligen konnte. Kurt hat sich in den vielen Jahren als Anwalt eine Menge Vorschriften und Gesellschaftsregeln aneignen müssen. Trotzdem hätte ich von ihm ein wenig mehr Verständnis erwartet, vor allem in Hinsicht auf seine Lola damals. Seine kleine, süsse Lola...

Stefanos verlor sich in seinen Gedanken, leerte sein Weinglas und fasste sich:

Die beiden Jungen müssen nun da durch. Das Leben auf dieser Welt kann oft hart, unberechenbar und ungerecht sein. Es kommt immer auf die innere Stabilität an, wie man die Hürden nimmt. Und ich hoffe von Herzen, dass ich Natalie da eine Stütze sein kann. Damit sie auch die Wunder und die tiefe, echte Freude des Lebens inmitten der Herausforderungen zu sehen vermag.

3

2022

Natalie wollte nicht noch länger in Garfiun bleiben, und zum Steinkreis würde sie erst in ein paar Tagen wandern. Heute war der 16. Februar, sie hatte noch eine gute Woche Zeit. Obwohl heute der Mond voll sein würde – wie damals bei der ersten Verabredung mit Roman im Juli 1969. Es schien so lange her.

Zurück in ihrem Hotelzimmer genoss sie den feinen Arvenholz-Duft und gönnte sich ein Fichtennadel-Bad. Dann schlüpfte sie unter die warme Decke und öffnete ein anderes Notizbuch von Roman. Danach wollte sie Maja anrufen.

10. Mai 1970

Nun bin ich bereits zweieinhalb Wochen hier auf der Büffelfarm von Uncle Wally. Grossartig, diese weite, wilde Landschaft. Und die Büffel, die Bisons – richtig altertümliche Wesen voller Kraft und Herdeninstinkt. Wally ist ein super Mensch, freigiebig und offen, und er hat ein grosses Herz für alle: für Menschen, für Tiere, für die Natur, für das Leben.

Meine Seele kann hier durchatmen, sich öffnen, erblühen. Die Menschen leben hier nicht bloss «auf» dem Land, sie leben _mit_ dem Land, mit der Natur. Und genau das ist es, was Stadtbevölkerungen und überzivilisierte Menschen verloren haben: den Bezug zu dem, was Leben eigentlich heisst. Deshalb bin ich hier. Deshalb muss ich sobald wie möglich Natalie davon überzeugen, dass dies wirklich unser gemeinsamer Weg ist.

Vorerst jedoch geht es noch weiter nach Norden! Wally hat mir eine Stelle im Yukon Territory vermittelt! Bei einem 'Outfitter', der Touristen mit Pferden in die Berge zur Jagd führt. Es muss ein schrulliger Kerl sein, Sean McArthur heisst er. Das Unternehmen ist nicht sehr gross, doch bestimmt kann ich da für ein

Leben in der kanadischen Wildnis eine Fülle an Erfahrungen machen.

Kürzlich habe ich etwas von Rumi gelesen, das mir gefallen hat. Ich gebe es hier so in etwa wieder:

> The universe is not outside of you.
> Look inside yourself;
> everything that you want – you are already that.

Ja, so ist es doch. Wenn ich Natalie das nächste Mal schreibe, schicke ich ihr diese Zeilen. Es scheint mir wichtig, dass sie das versteht. Ihr Onkel Stefanos muss auch ein Mensch sein, der in dieser Richtung denkt. Ich habe mich schon oft gefragt, ob ich ihm einfach mal schreiben soll...

Unsere Adresse in Kanada – ich sehe sie bereits vor mir:
'Natalie and Roman Camenisch
Sundown Farm, Alberta'
Oder so ähnlich...

Natalie legte das Notizbuch zur Seite. Sie hatte ein erfülltes Leben gelebt. Die Arbeit in den Altersheimen und im Tierschutz war interessant und lohnenswert gewesen. Ihr Bedürfnis, von Nutzen und hilfreich zu sein, wurde damit erfüllt. Sie liebte ihre Freunde, vor allem Maja, und Margo, ihre Schwester. Trotzdem tat es weh.

«Maja, wie schön, dich zu hören!»

«It's about time, old gal!» – das war Maja durch und durch. «Na, wie lässt es sich so leben im schönen, illustren Klosters? Hast du irgendwelche prominenten Grössen getroffen? Warst du schon Schnee-schuhlaufen?»

«Schneeschuhlaufen, ja. Berühmtheiten, nein. Das neue Silvretta ist toll. Heisst jetzt *Silvretta Parkhotel Klosters*. Natürlich nicht mehr 'mein' Silvretta, aber äusserst angenehm, geschmackvoll, viel Arvenholz, super Küche, und der Besitzer ist ein kompetenter, ausserordentlich freundlicher Gastgeber. Christian Erpenbeck. Genauso liebenswürdig wie Giorgio Rocco damals war, jedoch komplett anders. Christian ist gross und sehr schlank, so um die 50 denke ich. Sein Gesicht ist sanft und markant zugleich, und in seinen hellen Augen meine ich ein wenig Wehmut zu sehen. Wie dem auch sei, er ist immer offen für ein Gespräch. Toll.

«Anyway… Stell dir vor, ich habe mich endlich daran gewagt, in Romans Notizbücher reinzuschauen. Ui. Da kommt viel hoch…» Natalie machte eine kleine Pause, um ihren Rücken mit einem zweiten Kissen zu stützen.

«Ich will dir mal was vorlesen, Maja, wenn du magst.»
«Sure! Noch so gerne.»
«Also, dieser Eintrag – wie viele andere auch, in schwarzer Tinte; diese beige-grauen Notizhefte sehen aus wie vergilbt, sind es jedoch nicht… – nun also, dieser Eintrag ist vom 12. Juni 1970 – meinem Geburtstag…

Freitag, 12. Juni 1970
Natalies Geburtstag. Sie ist nun 18! Ich habe ihr geschrieben, doch ich weiss nicht, ob sie den Brief mit den getrockneten Blumen rechtzeitig bekommt. Die kanadische Post ist laut Sean nicht immer zuverlässig.

Es ist unglaublich, dieses Leben hier in der Wildnis. Alles, was ich mir je erträumen konnte. Als ob wir in der 'zivilisierten Welt' bereits so weit von der Natur, vom Leben (!) entfernt wären, dass wir uns gar nicht mehr vorstellen können, was es heisst, mit dem Rhythmus der Natur – des Lebens – zu leben. Ich wusste das schon, denke ich. Jetzt aber, da ich hier bin, inmitten von Weite, Wald, Bergen (ohne Bergbahnen!), Ruhe und Einsamkeit; wo es Bären, Wölfe, Elche, Luchse und viele andere Tiere in Fülle gibt – erst jetzt fühle ich zutiefst, wie entfremdet wir vom Leben sind. Eigentlich ist das eine Tragödie…

Hier, im entferntesten Winkel des McClintock Valley, gute 50 Kilometer von Whitehorse entfernt, atmet das Leben noch in seinem ursprünglichen Takt. Sean und ich holen Wasser von der Quelle mit grossen Behältern. Wollen wir heisses Wasser, muss es auf dem Holzofen erwärmt werden. Das heisst, Holz muss gespalten und ins Blockhaus gebracht werden.

Elektrizität gibt es keine. Licht ist im Sommer keine grosse Sache, da wir hier schon sehr weit nördlich sind. An Regentagen benutzen wir Kerzen und Öllampen, wie dann natürlich auch im Winter. Gemüse gibt es aus dem 'root cellar' (es ist noch zu früh für den Garten), Fleisch haben wir genügend von der Jagd auf Seans Land, Brot und Eier holen wir beim Nachbarn. Die Pferde müssen mit dem letztjährigen Heu und Hafer gefüttert werden, da das Gras noch sehr spärlich ist.

Und dann sitzen wir oft abends draussen beim Feuer unter dem unglaublich riesigen Himmel, der nicht wirklich dunkel wird. Trotzdem sehen wir Tausende von Sternen. Nur die Nordlichter werden erst wieder gegen den Herbst erkennbar sein. Wir hören die Eulen, mal einen Wolf oder mehrere, ein Knacken im Wald. Wir gönnen uns einen Schluck (oder mehrere) des Kanadischen Rye Whiskys, vielleicht sogar eine Zigarre.

Sean erzählt dann manchmal eine seiner Geschichten. Er ist ca. 50 Jahre alt, kräftig gebaut, mittelgross, seine Augen sind von einem ungewöhnlich hellen Blau, sein Bart ist dicht und wie sein üppiges Haar blond-grau-braun: Grizzly-Farben. Die gibt es hier genügend, die Grizzlies. Ich habe keine Angst, doch ich habe grossen Respekt vor ihnen – und allen Wildtieren. Ein ausgewachsener, männlicher Grizzly ist eine imposante Erscheinung mit seinen gut 400 kg und ca. 2½ Metern Höhe, wenn er auf den Hinterbeinen steht. Als Mensch komme ich mir da effektiv klein und machtlos vor.

Sean lebt seit ein paar Jahren alleine hier. Er betreibt nicht nur ein kleines Touristenbusiness, sondern ist auch Trapper und Jäger, Pferdehalter und Holzfäller. Sein Gesicht ist immer gebräunt, seine Augen glitzern mit einem jungenhaften Schalk, und ich glaube nicht, dass er etwas anderes an Kleidung besitzt als Hosen, Hemden und Jacken aus Denim Stoff. Wie auch bei Wally gehört dazu ein Ledergurt mit Metallschnalle und ein breitkrempiger Hut.

Seans Geschichten sind etwas Besonderes. Ich wollte hier eine aufschreiben und sie dann an Natalie schicken, doch nun bin ich zu müde. Morgen geht's wieder um 5 Uhr raus. Die selbstgebauten Holz-Betten haben Felle und Wolldecken – viel besser als Matratzen und Daunenduvets. Und kein Summen von Elektrizität...

Ich frage mich nicht mehr, was gäbe es Besseres. Es fehlt nur eines: Natalie.

4

Februar 2022

«So cool, Natalie!» Maja dachte, dass es auch nach all
den Jahren sowohl für sie wie auch für Natalie nicht
einfach war, über Roman zu sprechen. Vor allem nun,
da Natalie seine innersten Gedanken wohl zum ersten
Mal zu lesen bekam und auch fähig war, ihn zu
verstehen.

«Wir hatten solch grossartige Träume, Maja. Nach
den zwei Weltkriegen und vor allem mit dem Vietnam
Krieg sozusagen in den Knochen – und obwohl dieser
Krieg weit weg von uns war, war es unsere Generation,
die damit aufwuchs. Für Roman und mich gab es doch
nur eines: in Frieden, Gleichberechtigung,
Naturbewusstsein und Achtsamkeit zu leben und dies
alles vielleicht sogar anderen zu vermitteln. Das hätten
wir geschafft. In Kanada…»

Natalie versuchte, die Tränen nicht zu weinen, die
hinter ihren Augen brannten. Sie hatte sich

jahrzehntelang verboten, solche Gedanken zu denken. Sie hatte sich, im Sinne Romans, ein friedliches Leben ausgesucht, in dem sie Menschen, Tiere und Natur auf ihre Weise unterstützte. In den vergangenen Jahrzehnten hatte sie in Tierheimen, Pflegestationen und Altersheimen gearbeitet oder ausgeholfen und bei unzähligen Naturschutz-Initiativen die Führung übernommen. Sie hatte ein grosses Herz und sagte nie nein, wenn jemand sie brauchte.

Aber sie hatte es nicht fertig gebracht, nach Kanada zu reisen und Romans Idee einer Permakultur-Farm und -Schule zu verwirklichen. Ja, Permakultur, das Erschaffen eines eigenen stabilen und nachhaltigen Ökosystems, in dem der verantwortungsvolle Umgang mit Wasser, Bepflanzung, Tierhaltung, Insekten- und Wildtiereinfügung dem natürlichen Ablauf der Natur nachempfunden wird, das wäre es gewesen. Und dies wenn möglich zusammen mit anderen Gleichgesinnten, die ebenso auf das Zusammenwirken von allen Aspekten der Menschheit, der Natur und des Universums vertrauten.

Natalie dachte oft an die Findhorn Foundation in Schottland, die ja auch ganz klein und beinahe ungewollt im 1962 begonnen hatte und bereits zehn Jahre später als eine offizielle Gemeinschaft organisiert wurde. Über die Jahrzehnte war die Gemeinschaft zu über 400 Mitglieder gewachsen. Da gab es alles – von Permakultur zur spirituellen Lebensweise, vom friedlichen Zusammenleben- und Arbeiten zu Workshops und Seminaren. Schon lange wollte Natalie eine Reise in den Nordosten von Schottland unternehmen. Doch Klosters war in diesem Jahr wichtiger.

«Bist du noch da, Natalie?»

«Sorry, Maja, hatte eben ein paar Gedanken, die hochkamen. – Also, jedenfalls, was denkst du über diesen Eintrag von Roman?»

«Toll, wie er sich in diesem Leben in der Wildnis verwirklichen konnte. Und wie du immer in seinen Gedanken und in seinen Plänen warst. Was für ein aussergewöhnlicher junger Mann er doch war. Hast du übrigens noch mehr, das du mir vorlesen möchtest?»

«Ich habe erst in ein paar wenige Notizbücher reingeschaut, Maja. Er hat mindestens sechs pro Jahr geschrieben… Also, hier ist eines, welches ich bis jetzt noch nicht aufgemacht habe. Ich lese dir einfach mal vor… - es beginnt genau drei Jahre nach seiner Auswanderung, hier ist ein Auszug vom Juni:»

12. Juni 1973

Meine geliebte Bergfee ist nun 21! Kaum zu glauben.

Ich sitze hier auf meinem Fell-bestückten Holzbett in Seans Blockhaus im McClintock Valley, drei Kerzen beleuchten mein kleines Zimmer und ich stelle grad fest, dass ich immer in kleinen Zimmern wohne, das war schon zuhause in Sent so, und dann im Silvretta in Klosters, und selbst auf Wallys Farm – ist da eine Bedeutung dahinter?. Anyway, heute brachte mir Sean zwei Briefe: einer von Natalie und einer von Stefanos. Was für eine Überraschung!

«Was!? Ich hatte keine Ahnung, dass Roman mit Stefanos in Kontakt war, Maja! Weder Roman noch Stefanos haben je darüber gesprochen. Unfassbar… Also, weiter:»

«Warte kurz, Natalie. Wenn Roman sich fragt, ob eine Bedeutung hinter seinen kleinen Zimmern sei, würde ich sagen, dass er als Mensch/Seele solch eine Grösse hatte, dass er räumlich keine brauchte.»

«Was für ein vielsagender Gedanke, Maja; Roman würde sein verschmitztes Halblächeln lachen, wenn er dich hörte. Vielleicht tut er das ja auch… Trotzdem, weiter jetzt:»

So hatte ich die Freude der Entscheidung: welchen Brief lese ich zuerst. Und falls du, geliebte Natalie, je durch diese Notizen gehen solltest, vergib mir, dass ich die Nachricht von Stefanos zuerst las. Anstelle darüber zu schreiben, das Original befindet sich im Anhang. Was für ein Mensch, dieser Stefanos! Ich möchte ihn beinahe mit Sokrates gleichstellen.

«Natalie, schau nach, was Stefanos geschrieben hatte!»

Natalie hatte sich inzwischen an den hübschen Arventisch begeben, um besser sitzen zu können als im Bett. Sie holte Stefanos' Brief hervor – die geliebte Handschrift ihres Lieblingsonkels auf dem immer gleichen handgeschöpften Briefpapier:

Im Mai 1973

Fíle mou

Von Herzen bedanke ich mich für deine Zeilen und dein Vertrauen, Roman. In deinen Worten ist viel Poesie und Tiefe. Natalie hat eine perfekte Wahl getroffen.

Das Leben verlangt viel von uns. Wie du schreibst, gibt es Momente, in denen dir dein Weg voller Steine und Abgründe vorkommt. Ich verstehe. Die Finanzierung einer eigenen Farm ist eine grosse Investition, und du bist nicht der Mann, der um Geld bettelt. Natalies Vater hätte die Ressourcen, doch weder du noch Natalie sind willig, Kurt auch nur zu fragen. Auch das verstehe ich.

Könntest du dir vorstellen, ein Grundstück in einer anderen Provinz, wo Land günstiger zu erwerben wäre, zu kaufen? Auch ohne bestehende Gebäude? Ich bin sicher, dass du dafür genug Ersparnisse hättest. Ich bin auch der festen Überzeugung, dass Natalie sobald als möglich zu dir kommen wird. Zusammen mit deinen Freunden wird es euch gelingen, einen Anfang zu wagen. Jeder Schritt ist Teil des Weges.

Goethe sagte:
Was immer du tun kannst, oder träumst es tun zu können, fang damit an! Mut hat Genie, Kraft und Zauber in sich.

Und Hesse:
Und jedem Anfang wohnt ein Zauber inne,
der uns beschützt und der uns hilft zu leben.

Du siehst, fíle mou, diese zwei Grossen wussten dies, wie so viele vor ihnen. Wir müssen den Schritt machen, den Anfang – und dann öffnen sich die Quellen des Universums und die latenten Möglichkeiten fliessen.

Ich weiss, dass du das verstehst. Ich weiss auch, dass du dein Leben so lebst. Sonst hättest du weder den Mut gehabt, um Natalies Hand anzuhalten, noch den Sprung nach Kanada gewagt. Ich habe somit keinerlei Sorge, dass du die Kraft für deinen Weg nicht in dir selber hättest. Keep going! - würden wir auf Englisch sagen.

Das Leben ist ein Wunder, Roman. Es ist unsere Pflicht und Aufgabe, es mit unserer ganzen Seele, mit einem offenem Herzen und Geist, mit Freude, Enthusiasmus, Begeisterung, Dankbarkeit und Mut zu leben.

Die Güte der Götter und das Licht der Sterne mögen deinen und Natalies Pfad begleiten.

Stefanos

PS: Ich freue mich auf deinen nächsten Brief!

5

«Wow, Natalie! Und du hattest keine Ahnung, dass die beiden miteinander korrespondierten. Fantastic!»

Natalie versuchte, sich klar zu werden, was sie fühlte. Nicht Eifersucht, nein, gar nicht. Aber vielleicht eine kleine, ziehende Traurigkeit, dass weder ihre grosse Liebe Roman noch ihr geliebter Onkel Stefanos ihr je mitgeteilt hatten, dass sie miteinander in Kontakt standen. Aber sie empfand auch eine tiefe, warme Freude: die beiden hatten den Weg zueinander gefunden.

«Ja, Maja, das erstaunt mich wirklich. Es ist doch tatsächlich so: wir sehen nie in die Seele eines anderen Menschen. Wir können nur das erkennen, was der andere willens ist, uns zu zeigen. Selbst Stefanos… Ich muss annehmen, dass Roman ihn gebeten hatte, mir nichts davon zu sagen. Und dass Stefanos dieses Versprechen gehalten hatte, bis zu seinem Tod, zeugt natürlich von seiner tiefen Integrität und Weisheit. Ja, so kann ich das vollkommen verstehen und annehmen.»

Unterdessen war es dunkel draussen, doch der Vollmond würde bald über den weissen Berggipfeln aufsteigen und das Tal und das Gebirge in seinem silbernen Licht baden. Natalie liebte das Licht des Mondes, so wie Roman es auch geliebt hatte. Sie empfand Mondlicht als sanft und beruhigend, friedlich und auch mysteriös. 'By the power of the moon' waren schon viele Dinge auf dieser Welt geschehen…

«Also, lass mich weiterlesen in Romans Eintragung vom Juni 1973. Vielleicht gibt es noch mehr Überraschungen, Maja…:»

Natürlich hat Stefanos – nun wollte ich doch tatsächlich Sokrates schreiben… – recht: Ich muss den ersten Schritt tun. Ich bin vermutlich bereits zu lange in dieser herrlichen Wildnis des Yukon – ohne dass ich mich wirklich um Möglichkeiten anderswo gekümmert hätte. Der Yukon ist grossartig mit seiner Einsamkeit und Weite, auch Alberta und British Columbia sind atemberaubend schön. Aber die Preise der

Farmen oder auch nur der Grundstücke sind zu hoch. Vielleicht rede ich mal mit Sean.

Um ehrlich zu sein, und das will ich ja auf jeden Fall in meinen Notizen: Stefanos' Brief hat mich sehr berührt. Die Tatsache, dass er mir geantwortet hat, ist für mich nicht nur ein kleines Wunder sondern auch ein Beweis seiner weisen Liebenswürdigkeit. Ich wünschte mir, dass es noch viel mehr solcher Menschen gäbe. Danke, Natalie, dass ich deinen Onkel auf dem Wege der Korrespondenz kennenlernen durfte, auch wenn du das nicht weisst.

Morgen geht's los in die Berge mit den Pferden. Ich freue mich jedes Mal, wenn wir wieder ins 'Hinterland' reiten. Oben liegt noch Schnee, doch es ist höchste Zeit, die zwei Cabins für die Gäste vorzubereiten. Brégo (nach Aragorns Pferd in Tolkiens 'The Lord of the Rings'!), mein grosses, kräftiges Pferd, hat die sonnigen Farben eines Haflingers. Er ist ein super freundlicher Wallach, und ich weiss nicht, wie ich ohne ihn einfach weggehen kann, wenn dann die Zeit dazu kommt...

Die Welt von J.R.R. Tolkien, übrigens, habe ich durch Sean kennengelernt. Mir scheint, in USA und Kanada haben die meisten Leute, die sich gerne in ein Buch vergraben, 'The Lord of the Rings' gelesen. Unglaublich, was dieser Mann bewerkstelligt hat. Eine ganze Mythologie mit Entstehung der Welt, Tausenden von Jahren Geschichte, etlichen völlig neuen Sprachen und fantastischen Völkern. Einzigartig. Ich hoffe, Natalie hat das erste Buch, 'The Fellowship of the Ring', nun bereits erhalten. Und ich hoffe, dass sie auch so begeistert sein wird, wie ich es bin.

So, nun gibt's noch einen Schluck Rye und dann geh ich ins Bett und lese Natalies Brief. So zum Einschlafen.

Oh, und bevor ich's vergesse: Ich habe ein wenig in einem griechisch-englischen

Wörterbuch (gehört Sean) rumgestöbert, weil Stefanos ja Grieche ist. Dort fand ich ein Wort, das ihn (laut Natalie) – nebst seiner tiefen, ruhigen Weisheit – beschreibt: kefi.

"kefi - the spirit of joy, enthusiasm, high spirits and frenzy, in which good times and passion for life are expressed with an abundance of excitement, happiness and fun."

Good night.

* * *

Natalie hatte ein Lächeln auf den Lippen, als sie fertig vorgelesen hatte. Ja, *kefi* passte perfekt zu Stefanos. Und Roman – auch er begeisterungsfähig, mit Herz und Seele bei allem, was er anpackte. Ob sich die beiden einmal getroffen hatten?

«Was denkst du, Maja, wäre es möglich, dass Roman und Stefanos sich mal getroffen haben?»

«Also erst mal Hut ab, Natalie, vor beiden. Ich fühle mich heute noch privilegiert, dass ich Stefanos damals anno 1969 auf Nisyros kennenlernen durfte. My God, das ist ja eine Ewigkeit her!

«Um deine Frage zu beantworten: mein Gefühl sagt mir ja. Und wenn meine innere Stimme mir so unverzüglich und klar ja sagt, dann vertrau ich dem. Warum fragst du eigentlich?»

«Weil ich immer wollte, dass die beiden sich kennenlernen. Vielleicht steht etwas darüber in Romans weiteren Notizen. Weisst du, Maja, falls das wirklich so wäre – wie wunderbar! Auch wenn ich nichts davon wusste, was für ein Geschenk für diese beiden. Stefanos hätte gerne einen Sohn gehabt... Aber das weiss ich auch nur von Papi.

Also, nichts wie los. Ich muss weiterlesen... Nicht jetzt am Telefon, aber in den nächsten Tagen. Danke fürs Zuhören, agapiméni mou!»

«My pleasure, girlfriend! Themawechsel: Was passiert eigentlich in den nächsten Tagen mit diesen 800 Jahre Klosters Feierlichkeiten? Ich könnte dich ja für zwei/drei Tage besuchen kommen. Nicht im Silvretta, das ist mir zu teuer. Aber die Chesa Selfranga hätte noch Platz.»

«Aha! Du hast bereits nachgefragt. Das wär doch super, Maja. Dann können wir zusammen Romans Notizhefte durchstöbern. Heute ist der 16. Februar, ich bin noch bis zum 26. hier. Die Demo-Show der Skischulen ist am 18.; am 25./26. Winterläbä; mit Schneeschauspiel auf Selfranga am 25.; am 26. die Kinderschlittenfahrt, das ist ja ein sehr alter Brauch, und dann das Gögelrennen – das sind Schlitten – auf Selfranga. Also wärst du ja in der Chesa Selfranga am idealen Ort.»

«Siehst du! Dann sehe ich dich am 21. – das ist in fünf Tagen. Versprich mir, dass du nicht vor meiner Ankunft schon alle Notizen von Roman fertig lesen wirst. Ich freu mich, Natalie. Übrigens soll ich dich von Kris, Benno und Margo herzlich grüssen.»

«Ich freu mich auch, Maja, wir haben schon viel zu lange nichts mehr zusammen unternommen. Danke für die Grüsse, die ich erwidere. Bis bald und gute Nacht!»

«Nighty night, girlfriend!»

6

Natalie war zwar zum Umfallen müde vom Schneeschuhwandern und der frischen Bergluft. Aber auch von den Emotionen, die all die Erinnerungen hervorgebracht hatten. Sie fühlte sich wie von einem Bergbach mitgerissen, der schäumend über Steine in vielen Biegungen talwärts rauschte. Doch schlafen wollte und konnte sie nicht.

Nach ihrem Bad und dem Telefon mit Maja hatte sie sich frisch gemacht, ihr Lieblingskleid aus azurblauer Merinowolle angezogen und war im Stübli Restaurant essen gegangen: ein zartes Lamm-Entrecôte mit Nusskruste, Zucchini-Peperonigemüse und gebratenen Polenta-Ecken. Ausgezeichnet. Christian hatte sie wie immer mit seinem charmanten Lächeln begrüsst.

Und jetzt lag sie wieder in ihrem Zimmer zum Park im herrlich warmen Bett unter der Decke, zwei Kissen unter dem Kopf.

Dass Roman und Stefanos sich gefunden haben, das ist grossartig, dachte sie. *Ich möchte alles darüber erfahren. Roman hat bestimmt irgendwo noch mehr darüber geschrieben. Vielleicht in einem der letzten Notizbücher.*

Und so war es auch. Notebook # 29. Diesmal mit Bleistift geschrieben. Natalie war nun hellwach und bereit, einige Zeit mit Roman in einem Abschnitt seiner Vergangenheit zu verbringen, die sie nur teilweise kannte. Sie verspürte eine sprudelnde innere Aufregung, noch mehr über das Leben ihrer grossen Liebe lesen zu können.

* * *

1. Juni 1975

Ein Sonntag. Und ich glaube es kaum: ich bin auf Nisyros!!! Das war eine Reise... Seit Tagen habe ich nicht mehr geschrieben. Ach, wie absolut grossartig, hier bei Stefanos zu sein! Meine Seele scheint über dem Ultramarin der

Ägäis zu schweben wie eine durchsichtige, schwerelose Wolke.

Bevor ich ins strahlende Jetzt und Heute tauche, und obwohl ich bereits Unmengen von Notizen und Gedanken über mein Leben in den letzten zwei Jahren niedergeschrieben habe, will ich hier einen kleinen «backtrack» machen und eine Art Zusammenfassung wagen:

Im Juni 1973 war ich noch bei Sean im Yukon und eben daran, in die Berge zu reiten. Da hatte ich Stefanos' ersten Brief erhalten. Von jenem Zeitpunkt an änderte sich meine eigene Haltung gegenüber meinem Leben – oder besser gesagt, wie ich mein Leben anpackte. Es ist beinahe unheimlich, wie ich das auf diesen spezifischen Moment zurückführen kann. Auch heute, zwei Jahre später, ist die Erinnerung glasklar und eindeutig.

Sean hatte mich nach der Sommer-Saison mit Lester Ryan bekannt gemacht, der nebst seinen

100 Hektaren mit grossem Farmhaus ein kleines, wildes, unbebautes und preiswertes Grundstück ein paar Kilometer weiter unten im Tal besass. Der Yukon ist rau, und die Winter sind hart und lang. Ich wusste das ja inzwischen zur Genüge. Doch mit Ausdauer und Arbeit und Gewächshäusern, etc. – und mit den langen, hellen Sommertagen – sind das Anbauen von Gemüse und die Tierhaltung absolut möglich. Sean züchtet Tiere und auch Lester hält Pferde und Kühe. Also kaufte ich das Grundstück auf der Stelle. Natalie war etwas überrascht, doch sie ist halt eine ausserordentliche Frau mit bewundernswerter Offenheit und Akzeptanz…

 Also: Im Sommer 73 und 74 war ich nach wie vor mit Sean, den Pferden und den Touristen in den Bergen. Vom Spätherbst bis Frühjahr war ich mit dem Bau einer kleinen Hütte auf meinem Grundstück bis über die Ohren beschäftigt. Auf **meinem** (**unserem**) Grundstück!! – Der Yukon Winter ist natürlich nicht die Jahreszeit, um ein Häuschen zu bauen. Ohne Sean und Lester hätte ich das auch nie fertig gebracht. Lester ist ein Bär von einem Mann, laut und gutmütig, mit einem fröhlichen, runden Gesicht. Und seine schlanke, herzliche Frau Silvia ist eine ausgezeichnete Köchin.

Mai 75. Der Abschied von Brégo war das Schlimmste. Obwohl ich weiss, dass Sean sich bis zu meiner Rückkehr liebevoll um mein Pferd kümmern wird, heulte ich jede Nacht auf meinem Trip gen Süden auf dem Alaska Highway. Also die Bezeichnung «Highway» ist eine masslose Übertreibung: das ist eine Schotterstrasse mit unzähligen Kurven und steil abfallenden Abschnitten. Ich war per Autostop und Zelt unterwegs (habe ich Natalie nicht ganz so erzählt) und hätte beim Warten auf einen Ride oft Zeit zum Schreiben gehabt, doch mein Herz war so wund, ich konnte nicht. Ich konnte auch Natalie nicht schreiben. Sie hat mir später vergeben. Danke, danke, meine Bergfee.

Der eine Typ, der mich von Rancheria weg in einem alten Ford-Rumpelkasten mitnahm – er hiess Charlie und sah aus wie ein Ganove aus einem alten Western –, wollte bei den heissen Quellen von Liard anhalten. Liard liegt gute 200 km südlich von Watson Lake und bereits in BC. Fantastisch! Natürliche Heisswasser-Becken inmitten von üppigem Grün – und darüber vom Dampf der Schwefelquelle nach einer Nacht mit Frost Eiskristalle an allen Zweigen. Es sah aus wie der Eispalast von Dr. Zhivago!

Dann Muncho Lake, Fort Nelson, Pink Mountain und Fort St John. Charlie wohnte dort in der Nähe, und somit war mein Ride zu Ende. Eigentlich wäre ich nun gar nicht so weit von Beaverlodge gewesen, wo sich Wallys Farm befindet. Doch ich wollte so schnell wie möglich nach Vancouver, um mir dort einen Flug nach Toronto und weiter nach Griechenland zu ergattern.

In meiner Seele war Tumult, und mein Herz blutete: Der Abschied von Brégo, von Sean und Lester, vom Yukon, von meinem Lebensstil der letzten 5 Jahre!! Und dann die wilde Freude, Stefanos zu treffen und nachher Natalie wiederzusehen. Ich fühlte mich hilflos hin und her geworfen wie in einem sturmgepeitschten Ozean.

Da kommt mir ein anderes Gedicht von Maja Rim in den Sinn… Übrigens, ich habe endlich herausgefunden, dass Natalies Freundin Maja eben diese Maja Rim ist! Die Welt ist ein Karussell, und wir drehen uns im Kreise….

Broken Open

I want to live
with a heart broken
open
so that I may feel
the suffering and the pain
of all beings

I want to allow
the heart to fall
apart
so that I may feel
compassion
for all beings

I want to feel
the tenderness of the heart
deeply
so that I may know
your sorrow and
mine

I want to know
the intimacy of the heart
even if it brings me
to my knees -
so I may live
fully

7

Und so bin ich am 31. Mai 1975 mit meinem grossen roten Tramper-Rucksack, einem offenen Herzen und viel Enthusiasmus auf der Insel Kos angekommen. Süss-herb der Griechische Wein, blau-golden die Nacht, würzig der Geruch von Knoblauch und Souvlaki. Von den Strand-Cafés her schwebten die melancholischen Klänge der typischen Dimotiki Mousiki durch die Gassen – was für eine andere Welt.

Aus dem Bilderbuch-Land Schweiz in den wilden Norden von Kanada und nun in die sonnenverbrannte Ägäis. Die Götter spielen ihre Karten, und ich mache mit. Es ist beinahe Ehrfurcht, was ich empfinde: Ehrfurcht vor dem Mysterium des Lebens. Stefanos wird bestimmt noch viel dazu zu sagen haben...

Ich schlief am Strand in jener sommerlichen Nacht auf Kos; das Funkeln der Sterne war meine Decke und der Rhythmus der Wellen meine Lullaby.

Erst am nächsten Morgen (also gestern) fuhr eine Fähre nach Nisyros, die kleine Vulkaninsel, Heimat von Stefanos und unzähligen Ziegen. Ich war übernächtigt, aufgewühlt und gespannt auf das neue Lebensabenteuer. In meiner Seele sprudelten Fragen und Freude – oder anders gesagt: da war ein Feuerwerk mit Glitzersternen und schillernden Fragezeichen.

Die Überfahrt mit der Fähre - das war fantastisch! Die Ägäis zeigte ihre Kraft mit schäumenden Wellen, die unser Holzboot wie die sprichwörtliche Nussschale auf und ab warfen. Der Kapitän – ein kleiner aber imposanter, braungebrannter, wortkarger Mann mit struppigem, grauem Haar, das eine marineblaue Kapitänsmütze einigermassen unter Kontrolle hielt – war die Ruhe selbst. Der

Wind peitschte meine inzwischen mehr als schulterlangen Haare, die Sonne gleisste auf das wilde Meer und das Salzwasser spritzte hoch über das Schiff. Herrlich! Bis zu diesem Moment hatte ich nicht gewusst, dass ich das liebe – so wie wenn ich auch in diesem Element schon immer zuhause gewesen wäre.

Mandraki, die Hauptstadt von Nisyros. Schon von weitem beeindruckte mich das strahlend weisse Kloster, das aus dem Felsen hoch über der Stadt herausgewachsen zu sein schien. Stefanos verriet mir seinen Namen: Panaghia Spiliani. Die quadratischen Häuser der Stadt in ihrem kalkweissen Kleid, manche mit himmelblau gestrichenen Tür- und Fensterrahmen, erwarteten mich wie einen verlorenen Sohn. Ich, durch und durch Bündner Bergler, fühlte mich tief berührt von einem Gefühl des Nachhausekommens. Unglaublich.

Stefanos wartete auf mich am Kai. Ich erkannte ihn sofort: Mittelgross, drahtig, sonnenverbrannt, *weisses Baumwollhemd und Shorts, dichtes graumeliertes Haar und Schnurrbart – und ein blitzendes Lächeln in seinem schönen, runzligen Gesicht. Und die Augen! Dunkelblau – Kornblumen-blau vielleicht, meerestief und gütig. Auch hier wieder das verrückte Gefühl des Heimkommens. Es war, wie wenn ich Stefanos schon immer gekannt hätte - bevor wir irgendein Wort sprachen. Uncanny…*

«Kalosórises, fíle mou! Welcome, my friend!»

Ich kannte sie, diese tiefe Stimme mit dem rollenden `r`. Für einen Sekundenbruchteil verschwammen alle Konturen um mich herum, und ich sah bloss die azurblauen Augen und darüber einen silbernen Stern. Ich hatte Gänsehaut. Natalie wird mir das nie glauben…

Stefanos schaute mich mit einem tiefgründigen, ahnungsvollen Blick an und sagte leise:

«Ich weiss, Roman. Ich werde es dir erklären. Aber zuerst komm, lass uns zu mir nach Hause fahren. Es sind nur etwa 13 Kilometer nach Nikia, doch die Strasse steigt in Serpentinen auf eine Höhe von ca. 400 Metern über der Ägäis. Mit meinem alten Klapperkasten dauert das mindestens eine halbe Stunde. Zudem rechnen wir hier immer mit Ziegen auf der Strasse.»

Ein Zwinkern - und da war es, das Lachen, von dem Natalie mir erzählt hatte: schallend und doch hell.

Nikia, hoch oben auf dem Berg, weiss-blau die Häuser. Das Dorf war stufenweise in gewagter, gefährlicher und oft geradezu prekärer Weise zwischen Felsen eingenistet. Die Gassen mit Steinen gepflastert und so eng, dass kaum zwei Leute nebeneinander gehen konnten. Grossartig. Und dann Stefanos' Haus, wie Natalie es beschrieben hatte: Weiss, natürlich, mit blauen Tür- und Fensterrahmen, der Garten mit dunkelrosa Bougainvillea überwachsen, und der Blick über die steil abfallenden Hänge zum *azurblauen Meer atemberaubend. Nochmals grossartig.*

Den Göttern sei Dank für dieses einmalige Leben, das mir geschenkt wurde.

8

2022

Da hörte das Notizbuch auf. Natalie hatte es nicht einfach, sich in Gedanken von Nisyros, von Stefanos und von Roman zu lösen. Sie musste sich vergewissern, dass sie noch immer im warmen Bett im Zimmer 408 im Parkhotel Silvretta in Klosters lag. 16. Februar 2022 - nicht Mai/Juni 1975... Es war beinahe Mitternacht. Natalie stand auf, öffnete die Balkontüre und atmete die frische, kalte Schnee- und Bergluft ein. Der Vollmond erleuchtete das Weiss der Berge mit gleissendem Silberlicht, und sie war sich ziemlich sicher, dass sie Castor und Pollux sah, die beiden hell strahlenden Sterne im Zeichen des Zwillings.

Man fühlt sich so klein und unbedeutend beim Anblick dieser strahlenden Naturerscheinungen..., dachte sie. *Eine Erfahrung von Demut und Erleichterung, Glückseligkeit sogar. Wir sind nicht so furchtbar wichtig, angesichts der Grösse und Unfassbarkeit des Universums. Stefanos hat viel dazu beigetragen, dass ich das heute so empfinde und im tieferen Sinne verstehe.*

Der nächste Morgen begrüsste Natalie mit Sonnenschein und dem Klopfen an der Tür. Es war der kleine, blonde Kellner, der ihr frische Gipfeli, Milchkaffee, verschiedene Konfitüren, Fruchtsalat und ein Lächeln brachte. Heute gönnte sie sich den Luxus eines Frühstücks im Bett.

Natalie wollte nochmals mit Maja reden. Doch nicht heute. *Margo sollte ich auch mal anrufen*, überlegte sie. *Seitdem sie mit Benno zusammen ist, ist sie so richtig aufgeblüht. Schade, dass Mama und Papi das nicht mehr erlebt haben.*

Drei erfüllte, sonnige Klosterser Schneetage später rief sie Maja an:

«Guten Morgen liebe Sorgen, seid ihr auch schon alle da?...»

«Well, good morning to you, sweetness! Was verschafft mir die Ehre eines erneuten Anrufes? Ist was, Natalie?»

«Nicht wirklich, Maja – doch es muss mal gesagt werden… Hast du Zeit?»

«Sure. Für dich immer. Ich hol mir meinen Kaffee ans Telefon.» Maja trug ihren geliebten blau-türkis Kimono über den Leggings und Unterhemd aus Merino-Wolle. Sie liebte das Gefühl kuscheliger Wärme.

«Also, du kannst jetzt anfangen, Natalie. Ich sitze auf meinem Sofa, warm eingepackt in meiner Decke, die ich von Kaschmir mitgebracht hatte.»

«Ich freue mich riesig, dich hier in Klosters zu sehen, Maja! Die Demo-Show der Skischule vor zwei Tagen – also abends, natürlich – war super, wirklich. Ich bin ja früher auch jahrzehntelang Ski gefahren, aber was hier geboten wurde an Können, Akrobatik und Schneetanz – das war phänomenal! Schade, das hast du verpasst.

«Aber deswegen rufe ich natürlich nicht an. Ich glaube, ich habe dir nie gesagt, dass Philip Günthardt – du erinnerst dich, er war ja oft in unserer Klagemauer-Gruppe damals – mein Arzt geworden ist. Kardiologie ist seine Spezialität … hätte ich nie von ihm gedacht. Weisst du noch, er war so ein langer Lulatsch mit seinen wilden, blonden Locken und Sommersprossen, und immer hatte er einen Spruch auf den Lippen und ein Zwinkern in seinen wasserblauen Augen. Anyway…

«Nun, ich hatte mich kürzlich routinemässig untersuchen lassen wie jedes Jahr; und auch, weil ich das Gefühl hatte, dass mein Herz manchmal etwas unregelmässig zu schlagen schien. Philip hat die üblichen Tests gemacht – es ist nichts Besonderes dabei herausgekommen. Er empfahl mir natürlich, dass ich mich nicht überanstrengen sollte, keinen Stress aufladen, usw. Du kennst mich, agapiméni mou – in meinem Leben gibt es seit Jahren herzlich wenig Stress. Ich wollte dir das einfach mal sagen.»

Natalie erzählte Maja allerdings nicht, dass sie beim Schneeschuhlaufen das Gefühl gehabt hatte, dass ihr Herz manchmal doch sehr stark zu schlagen begann und ihr beinahe die Luft ausging.

«Warum hast du denn nie darüber gesprochen, Natalie? Wir sind doch Lebensfreundinnen! Wir reden doch immer über alles, sei es freudig oder traurig oder schwierig.»

«Stimmt, Maja, zum Glück! Aber es ist ja alles in Ordnung und ich spreche einfach höchst ungern über meine Bobos – alle andern tun das konstant. Ich empfinde solche Gespräche als unschön und geschmacklos.»

«Und jetzt bist du bald 70, girlfriend, und gesund! Jedenfalls danke ich dir für dein Vertrauen. Ich bin froh, dass du mir auch in dieser Hinsicht dein Herz geöffnet hast. Übrigens bin ich in zwei Tagen bei dir. Dann kann ich auf dich aufpassen!»

Majas herzliches Lachen löste die Spannung. *Stefanos hatte ja immer gesagt, dass ich mit Maja über alles reden kann und soll,* erinnerte sich Natalie. Wie gerne wäre sie nun bei ihm auf seiner kleinen Veranda, hoch oben über der Ägäis. Seine einfache und tiefe Weisheit war immer ein Trost für sie. Aber eben: Tempi passati.

9

1975

Stefanos und Roman sassen am Abend eines sonnendurchglühten Tages im Juni 1975 auf eben jener Veranda, umgeben von Bougainvillea in leuchtendem Dunkelrosa mit ihrem milden und doch unvergesslichen Honig-Duft.

Stefanos sah sich sein junges, starkes, gut aussehendes Gegenüber mit den langen Haaren, in Shorts und ärmellosem, verblichenem hellblauen Hemd an, während er an seinem Cigarillo paffte. *Ja, er könnte mein Sohn sein,* dachte er verträumt, *wir haben eine tiefe Verbindung; ein aussergewöhnliches gegenseitiges Verständnis – auch ohne Worte. Er ist mein Sohn – oder, um es korrekt zu sagen: er ist mein Sohn, aber in einem anderen Sinn.*

«Roman, weisst du noch, bei deiner Ankunft in Mandraki hattest du einen Moment von absonderlicher

Klarsicht? Du sahst etwas anderes in mir als das, was ich jetzt bin. Ist das so?»

Roman nahm nochmals einen Schluck des herben und doch süffigen Rotweins aus dem blau-weissen Kelch, dessen Muster eher türkisch als griechisch wirkte. Er blickte in Stefanos' Augen, deren Farbe und Tiefe die Ägäis widerspiegelten.

«Ja, das war schon fast unheimlich. Es war, wie wenn ich dich aus einer ganz anderen, weit entfernten Zeit kannte.»

«So ist es, mein Sohn. Das, was wir als Zeit und Raum in diesem Leben empfinden, ist eine hilfreiche Struktur für unser tägliches Leben. Die alten Weisen haben uns jedoch gelehrt, dass das lediglich ein ganz winziger Teil der Realität des Universums – und somit des Lebens an sich – ist. Das Leben – und demzufolge auch unser individuelles, wirkliches Dasein – findet ausserhalb von Zeit und Raum statt. Deshalb ist es möglich, sich an etwas zu erinnern, von dem wir im Hier und Jetzt eigentlich gar nichts wissen.

«Und so hast du mich erkannt in einem anderen Leben, oder einer anderen Dimension, oder einer anderen Wirklichkeit. Ich habe das auch gesehen, Roman. Du warst – oder bist auf einer anderen Ebene – mein Sohn. Es ist eine tiefe Freude für mich, dich in meiner Nähe zu haben.»

Roman nahm noch einen Schluck Rotwein. «Es tönt verrückt, irgendwie, weil solche Gedankengänge für die meisten von uns absolut ungewöhnlich sind. Ich kenne niemanden, der so denkt oder spricht. Und doch, und doch… es stimmt! Ich weiss das aus der Seele heraus, nicht aus dem Verstand. Und, Stefanos, ich sah einen Stern auf deiner Stirn – was war das?»

«Atlantis, Roman. Atlantis!»

Für einen langen Moment waren beide völlig still. Dann brach Stefanos in sein schallendes Lachen aus, und Roman konnte nicht anders, er lachte ebenso in völliger Hingabe. Es war wie ein Konzert: die Musik echter Freundschaft. Stefanos hob sein Glas:

«Roman, es ist doch so: alle Sagen, Legenden, Mythen, Märchen weisen immer auf etwas hin, das nicht offensichtlich sein mag. Ach, die grossen Griechischen Sagen mit ihrem Pantheon der Götter; die bunten Legenden der Inder; die tiefgreifenden Mythen der Inkas und Mayas. Auch die Skandinavische Mythologie – denke an die Poesie und Prosa der beiden Eddas!»

Stefanos Augen leuchteten, er holte Luft, trank einen Schluck Rotwein. Roman war begeistert von diesem Gespräch, dieser anderen Perspektive, und fügte voller Begeisterung hinzu: «Und was ist mit J.R.R. Tolkien? Seine brillante, einzigartige Geschichte von Middle Earth – inklusive deren Kosmologie, Völker und Sprachen! Eine ganze Mythologie! Ich wünschte, die Elfen wären noch immer hier – und ich wäre einer von ihnen...»

«Mein Freund, wir könnten noch wochenlang über Tolkiens Werk reden, nicht wahr. Das ist eine Welt hinter oder über oder vor einer Welt – voller Poesie und Brillanz und Geheimnissen einer anderen Wirklichkeit... Doch es gibt auch noch anderes: Wir können auch alle

Märchen, von den Gebrüdern Grimm und Hans Christian Andersen bis zu Tausendundeine Nacht und Le Petit Prince von Saint-Exupéry dazunehmen. Und nicht zu vergessen: Hermann Hesse, mit seinem Bestsellerroman Siddharta – was für eine Geschichte mit Basis auf verschiedenen Ebenen, Realitäten.»

«Und was meinst du, Stefanos – auch die christliche Mythologie? Die Geschichten von Jesus sind ja eigentlich auch ein Mythos, nicht wahr. Oder Atlantis? Ich kenne die Märchen aus Asien und Afrika nicht, doch ich weiss, dass es überall Sagen, Legenden, Mythen gibt. Ja, sogar in der kleinen Schweiz!»

«Es ist so, Roman. Sagen und Märchen gibt es auf dieser ganzen Welt. Fantastische Erzählungen, die alle auf etwas hinweisen, uns etwas lehren wollen. Wie ich Natalie einmal gesagt hatte: '*Schau weiter, hinter die Bilder, die du siehst. Denke tiefer als deine Gedanken. Horche über die Worte hinaus, die du hörst. Erinnere dich an das, was du seit jeher weisst....*'

«Dort, mein Freund, lebt das Leben, lebt die Wahrheit des Universums. Alles ist gleichzeitig, immer schon da, miteinander verbunden, verwoben, möglich, unendlich... Und so ist es nicht verwunderlich, dass auch du und ich eine Geschichte haben, die viel weiter greift, wie es scheint.» Stefanos brauchte eine Rotwein-Pause. «Ah, ich verstehe, fíle mou, du hast noch ganz andere Fragen. Natalie...»

«Ja», brachte Roman gedankenverloren hervor. «Meine geliebte Bergfee... es ist nun schon so lange her... Es gab Momente, da wusste ich nicht mehr, ob es überhaupt Sinn machen würde, Natalie sozusagen nach Kanada zu entführen. Kurt und Denise hatten ja alles daran gesetzt, unser Beziehung zu unterbinden. Manchmal hatte Natalie monatelang nicht mehr geschrieben. Und ich war ja so beschäftigt mit Seans Ranch und lebte irgendwie nur dort und in jenen Momenten...»

Die abendliche Ägäis leuchtete azurblau und unbeteiligt in der Ferne. Geheimnisvoll wie in einem Märchen trug eine sanfte Brise die hellen Glockentöne der Agia Triada, der malerischen kleinen Kirche aus dem 15. Jahrhundert, zu den zwei Freunden hinüber.

Stefanos zündete sich nochmals eine Cigarillo an, schenkte Rotwein nach und überlegte:

«Fíle mou, kannst du dir vorstellen, dass auch in deiner, in eurer Geschichte viel mehr steckt, als dir bewusst sein könnte? Dass trotz der Hürden und Umwege und Sabotage-Versuche – oder vielleicht gerade deswegen! – eure Wege zusammen führen mussten, um einem gemeinsamen Ruf zu folgen?»

Hier stockte Stefanos. Die Cigarillo fiel ihm beinahe aus dem Mund. Obwohl der Abendhimmel über der Ägäis sanft und klar war, hatte Natalies Onkel für den Bruchteil einer Sekunde Blitz und Donner in einem heftigen Sturm in pechschwarzer Nacht gesehen. *Da ist etwas,* dachte er, *etwas, das meine Worte, die ich eben zu Roman sagte, unwahr werden lässt. Es ist mir nicht klar – jedoch bin ich sicher, dass die Götter die Karten nochmals gemischt haben… Ich will und kann das Roman nicht sagen.*

Roman schaute Stefanos verständnislos an. «Was ist los, Stefanos? Du scheinst in weiter Ferne zu sein.»

«Ja; entschuldige bitte. Erinnerungen kamen auf. Weisst du, auch ich hatte in jungen Jahren – in Berkeley, wo ich Kurt getroffen habe – eine wunderbare junge Frau lieben gelernt, Audrey…» Stefanos seufzte. «Aber das ist eine andere Geschichte.»

Seine dunkelblauen Augen zwinkerten in seinem schönen, runzligen Gesicht: «Lass uns lieber über die Geschichte von Natalie und dir sprechen. Allen Widrigkeiten zum Trotz wirst du deine Bergfee in ein paar Wochen wiedersehen. Es ist an der Zeit, Roman.» Romans lakonische Antwort war bloss: «I know.»

Bis spät in die griechische Sternennacht, bei Rotwein und Ouzo, erzählten sich die beiden ihre Geschichten und ihre Träume. Zwei Freunde, die sich jenseits von Zeit und Raum wieder gefunden hatten.

10

Am gleichen Abend im Juni 1975 sassen drei junge Frauen bei einem kühlen Bier im Restaurant Gifthüttli in Basel: Natalie, Margo und Maja.

«Well», begann Maja, «wie fühlt man sich, wenn so ein Schweizer Bergler aus Kanada nach fünf Jahren nun schon beinahe vor der Türe steht, Natalie?»

Natalies Lächeln war gezwungen, sie fühlte sich verunsichert, überwältigt, aufgeregt, freudig, mulmig und aufgewühlt. «Ehrlich gesagt, ich bin völlig durcheinander. Wie oft habe ich in diesen fünf Jahren – eine lange Zeit, wirklich… – darüber nachgedacht, wie es sein wird, wenn wir uns wiedersehen. Ob wir uns wiedersehen. Und wo. Ich habe davon geträumt; habe mir Vorstellungen gemacht; mich auch gefragt, ob es überhaupt richtig ist. Bestimmt haben wir uns beide inzwischen verändert. Mein Roman ist irgendwie noch immer der, den ich im Silvretta kennengelernt hatte. Eine einzige Liebesnacht erlebten wir zusammen damals. Im Zimmer 1…»

Maja und Margo blickten sich an: keine der beiden hatte Natalie je in der Öffentlichkeit in Tränen gesehen. Die Beleuchtung im Gifthüttli war glücklicherweise wie immer eher schummrig. Natalie war mehr als froh darüber. Da die anderen beiden sich in bedeutungsvolles Schweigen hüllten, begann sie von neuem:

«Also gut, ihr zwei. Die letzten Jahre waren emotional schon eher eine Achterbahnfahrt. Trotzdem weiss ich mit diesem tieferen Wissen, oder wenn ihr wollt, aus dem Bauch heraus, dass Roman und ich einfach zusammen gehören. Was Mama und Papi davon halten, wisst ihr ja. Aber darauf kommt es nicht an. Ich denke auch, dass Papi selber gar nicht so dagegen ist, dass wir noch immer zusammen sind und nun endgültig nach Kanada auswandern. Ich habe meine Schule und meine Ausbildung beendet, wie vereinbart. Und Roman hat seinen Weg in Kanada gefunden – und bereits ein Daheim für uns gebaut! Stellt euch das mal vor: Im kanadischen Norden, in einem von ihm selbst gebauten Blockhaus, beim gelben Licht von Kerzen und Öllampen und in der Wärme des prasselnden Feuers im Ofen – meine grosse Liebe und ich!»

«How can it get any better than this!?» Das war Maja.

Margo hatte das Augenverdrehen noch nicht verlernt. «Ja, tönt ja so romantisch, nicht wahr. Dazu die Kälte und der viele Schnee und das Holzspalten… und im Sommer die Bären und Wölfe und Moskitos.» Die drei Frauen brachen in ein erlösendes Lachen aus.

«Wo ist Roman eigentlich im Moment?» fragte Maja. Natalie wusste es nicht. «Auf dem Weg Richtung Schweiz irgendwo. Sein letzter Brief war aus Fort St. John, und das war nun doch einige Wochen her. Vielleicht ging er nochmals bei Wally vorbei… Jedenfalls wird er am 18. Juli – das ist auf den Tag genau in einem Monat – am Flughafen Kloten ankommen! Und dann fahren wir von dort direkt nach Klosters. Er hat bereits ein Zimmer im Silvretta gebucht!»

«Darauf lasst uns anstossen!» Maja winkte Yvonne, der kleinen, herzlichen, brünetten Kellnerin, die sofort nochmals drei Stangen Warteck Bier brachte. «Auf das Mysterium Leben mit allen Abenteuern und Überraschungen, Freuden und Tränen – und auf die Liebe!» Im Hintergrund sangen die Bee Gees 'To Love Somebody'.

«Cheers!»

«So, Themenwechsel,» schlug Margo vor. «Die Welt verändert sich: der Vietnam-Krieg ist zu Ende! In England wurde zum ersten Mal eine Frau als Parteivorstand gewählt – nicht, dass ich Margaret Thatcher Spitze finde, aber eben… Und Queen hat den umwerfendsten Song produziert: Bohemian Rhapsody. Das müsst ihr euch anhören, ist fantastisch!»

Maja: «Ja, stellt euch vor, nach den jahrzehntelangen Gräueltaten und den über drei Millionen Toten ist der Vietnam-Krieg zu Ende. Saigon ist gefallen. Die Amis ziehen ab. Es lebe Woodstock und die Friedensbewegung. Mögen die Hippies die Welt regieren. Ich habe die Hoffnung noch nicht aufgegeben. Und in diesem Sinne: habt ihr zwei das Musical Jesus

Christ Superstar gesehen? Grossartig! Auch Hippie-mässig; würde Roman gefallen.»

«Und weisst du was, Maja?» Margo, die ihr blondes Haar nun in einem schön geflochtenen Zopf trug, war in Fahrt. «Roman hat eine gewisse Ähnlichkeit mit dem Schauspieler, der Jesus darstellt. Nicht nur äusserlich, irgendwie auch als Mensch. Natalie und ich haben, gleich nachdem wir das Musical im Kino gesehen hatten, darüber gesprochen. Super Film, ja. In der ganzen Hippie-Bewegung, wie auch in diesem Musical, wiederholt sich die Hoffnung – oder gar der Glaube – auf eine bessere Welt, auf Frieden und Einigung. Es muss doch möglich sein!»

Maja: «May it be so!»

Auf dem Nachhauseweg durch das nächtliche Basel fühlte Natalie eine Ruhe in sich, die ihr seit langem gefehlt hatte. Maja und Margo waren wichtige Pole in ihrem Leben, auch wenn sie sich das selten eingestehen würde. Die beiden hatten ihr Zuversicht gegeben für das Neue, das nun auf sie zukam. Sie erinnerte sich an einen Satz, den Stefanos kürzlich in einem Brief geschrieben hatte: *Die massgebendsten Zeiten in unserem Leben sind oft diejenigen einer grossen Veränderung. Wir sollen mit Mut und Unerschrockenheit auf sie zugehen.*

Natalie lächelte. Sie sah das gütige, sonnenverbrannte Gesicht von Stefanos vor sich und das Glitzern seiner blauen Augen. *Danke, Onkel Stefanos, efcharistó!*

Zuhause angekommen schlüpfte Natalie unter ihre kuschelige Daunendecke. In einem Monat würde Roman bei ihr sein...

11

Roman dachte lange über Stefanos' Worte nach: *Wir sind die Geschichten, die wir uns über uns erzählen. Es ist wie im Film: wir sind die Regisseure – und die Schauspieler. Ist das Wirklichkeit? Sind die Dramen in unserem Leben Wirklichkeit? Hinter der Leinwand oder Kulisse unseres Lebens ist das Leben. Dort ist die Quelle aller Wirklichkeit.*

Roman sass auf einem dicken, nachtblauen Kissen am Boden seines kleinen Zimmerchens und dachte: *Kein einfaches Konzept.* Er holte sein Notizbüchlein hervor und schrieb auf den Knien:

15. Juli 1975

Ich bin schon seit sechs Wochen hier auf Nisyros. Oben auf dem Berg in Nikia – mit Blick auf den Stefanos Krater des Vulkans tief unter mir. Die azurblaue Ägäis rings herum. Ach, die vielen wunderbaren Gespräche mit Stefanos. Die Wanderungen in den trockenen, steilen

Hängen auf dieser Insel, wo immer wieder und unerwartet eine zierliche Blume im Schatten eines Olivenbaumes weiss oder rosa erblüht. Das Schwimmen im klaren Meerwasser, oft alleine mit zahlreichen kleinen Fischen. Wie kann ich das nun alles verlassen?

Wie Stefanos sagte: Geschichten. Wir selber erfinden unsere Geschichten... Ich bin sicher, dass er damit etwas anzudeuten versuchte, das sich in Worten schwer oder kaum ausdrücken lässt. Doch da ist ein Kern ferner, unerreichbarer Wahrheit, die mich tief berührt. In diesem Sinne kommt nun also das nächste Kapitel in meiner Geschichte. Oder gar besser – nun schreibe ich das nächste Kapitel: Natalie, meine Bergfee.

Liegt es tatsächlich in meiner Hand, wie meine Geschichte weitergeht? Ich denke, Stefanos' Einsichten sind sowohl wertvoll wie auch sinnvoll. Jedoch spricht auch er manchmal von der Hand der Götter, die ihre Karten spielen. Ist das auf der Bühne dieser Welt oder hinter der

Kulisse? Und wenn ich noch einen Schritt zurück trete und vom Weitblick in die Unendlichkeit aus schaue – dann nimmt das Universum seinen Lauf, no matter what…

Dieser letzte Gedanke, dass das Universum das tut, was ein Universum eben tut – egal, was wir Menschen machen oder denken – das ist eine tiefgreifende Erleichterung. Das Niederlegen unserer falschen menschlichen Arroganz ist die Möglichkeit, Dankbarkeit und sogar Ehrfurcht vor der Unermesslichkeit des Universums und des Lebens überhaupt zu empfinden. Und dementsprechend zu leben.

Stefanos hat vielleicht manchmal den Eindruck, dass ich ein langsamer Schüler bin. Ich komme mir nämlich so vor, als wäre ich in der Schule eines Meisters und schaffe die Klasse nur sehr knapp…

Und jetzt sollte ich packen. Mit Traurigkeit, mit Abschiedsweh, mit Dankbarkeit – und mit

Freude auf das nächste Kapitel. Mögen die Götter und das Universum meinen Weg begleiten.

Stefanos hatte einen Krug mit dem herben Rotwein, den Roman inzwischen auch liebte, auf der Veranda bereit. «Der Abschied steht vor der Tür, fíle mou. Du hast meine Tage bereichert, mein Sohn. Es war und ist mir eine tiefe Freude, dass wir uns wieder getroffen haben – für mich, jedenfalls, ist es ein Wiedersehen in der Unendlichkeit des Mysteriums, das wir Leben nennen. Jámas!»

In der warmen, blauen griechischen Nacht, bei Wein und Freundschaft, fiel Roman ein Gedicht ein.

Wind

The wind is my ally
my nature, my essence
I love the wind
as kin

What am I but the wind?

There is no-one there
when I let go
of the story line
just limitless flow
soaring freedom
cry of the eagle
storm on the horizon
changing shape and direction
on a whim

- Maja Rim

Teil Drei – Steinkreis

1

Natalie hatte nicht gewusst, dass sie so aufgeregt sein konnte. Es war der 18. Juli 1975, ein Freitag, und es war soweit: heute würde sie Roman wiedersehen!

Sie stand vor dem runden Spiegel in ihrem Schlafzimmer in Basel, der ihr versicherte, dass ihre dunkelblonden Locken so wild waren wie immer und dass ihr leichtes Jeans-Sommerkleid bestens dazu passte. Noch immer waren ihre Gefühle durcheinander. Selbst heute, wie schon so oft zuvor in den vergangenen fünf Jahren, wollte sie ganz einfach nicht weitergehen. Sie wollte hier ihr gewöhnliches, angenehmes Leben weiterführen und Roman vergessen.

Natalie hatte das, vor allem auch auf Drängen von Mama, mehrere Male versucht. Sie hatte für eine Weile keine Briefe mehr an Roman geschrieben. Ihr Fokus waren die Schule, die kaufmännische Lehre, die sie schliesslich doch machen konnte, ihre Freunde und ihre Bücher. Neben Hesse begann sie nun auch Tolkien zu lesen. So konnte sie in neue, fremde Welten eintauchen und alles andere vergessen. Nach Klosters fuhr sie nicht mehr, obwohl ihre Eltern und Margo weiterhin im Sommer und Winter ihre Ferien im Silvretta verbrachten.

Sowohl Maja wie Margo und vor allem Stefanos brachten Natalie immer wieder zurück auf das, was am Wichtigsten war: die Liebe zu Roman und die Möglichkeit, mit ihm so zu leben, wie sie sich das Leben eigentlich vorstellte. Im Einklang mit der Natur; selbstversorgend; als Beispiel auch für andere, wie man das Leben gestalten kann, besser gestalten kann. Wenn dann die Flamme wieder geschürt war, wusste Natalie, dass sie nur so ein erfülltes Leben haben würde. Und wenn sie ganz ehrlich mit sich war, würde das nur mit Roman möglich sein.

Natalies Bücher und Geschirr, Kleider und Wäsche waren teilweise bereits in Kartons verpackt. Nach ihren Ferien in Klosters wollte Roman möglichst bald zurück nach Kanada. Heiraten würden sie natürlich auf dem Standesamt der Gemeinde Klosters. Danach konnten sie endlich das Visum für den Permanent Resident für Natalie beantragen.

Den gepackten Rucksack auf dem Rücken war Natalie bereits auf dem Flur, als das Telefon klingelte. Sie hatte sich genügend Zeit eingeräumt, so dass es auf ein paar Minuten nicht ankam. Es war Maja.

«Listen girlfriend, ich weiss, dass du nervös bist. Nur kurz: '...und jedem Anfang wohnt ein Zauber inne...' Ruf mich an, irgendwann diese Woche. Ciao. I love you.» «Danke, Maja, für alles. Ja, ich werde dich anrufen. Ciao, ciao cara.»

* * *

Flughafen Zürich-Kloten. *Herrlich, immer wieder, diese Atmosphäre des Fliegens. Das Reisen in andere Länder, andere Welten*, dachte Natalie. Die Schmetterlinge in ihrem Bauch flatterten unaufhörlich. Es kam ihr vollkommen unwirklich vor, dass Roman nun bald durch die Tür kommen sollte. Als sie ihn dann erblickte, war es wie ein Stromstoss:

Dieser grosse, breitschultrige, braungebrannte Mann mit seinem brünetten Haar, das nun helle Sonnensträhnen aufwies und über den Kragen seines weissen Baumwollhemdes fiel... Ja, es war Roman. Sein umwerfendes, leicht schiefes Lächeln, der kleine Schnurrbart – dann war sie in seinen Armen. «Meine Bergfee...»

Später einmal erzählte Natalie Maja von diesem Moment: «Es war wirklich wie im Film. Wie wenn überall Sternschnuppen erglühten. Wie wenn Champagner in mir hochschäumte. Als Roman nach dem ersten langen Kuss meine Hand nahm, wusste ich ohne jeglichen Zweifel, dass unser Leben gemeinsam weitergeht. Was für eine Erleichterung!»

Roman packte seinen übergrossen, roten Rucksack, und Hand in Hand, lachend und vor Wiedersehensfreude sprühend, fuhren sie per Tram zum Zürich Hauptbahnhof. Dort verstauten sie ihre

Rucksäcke, holten sich ihre Zugbillete – SBB bis Landquart, und dann die Rhätische Bahn nach Klosters – und gingen in Ruhe Mittagessen.

Weder Natalie noch Roman konnten es wirklich fassen, dass sie nun zusammen waren. Keine Trennung mehr.

«Weisst du, Natalie, als ich durch die Passkontrolle ging, hatte ich einen Moment Panik. Was, wenn sie nicht da ist? Aber du bist da, meine Bergfee. Du bist da…»

2

20. Februar 2022

Sonntagmorgen. Das heimelige Läuten der Kirchenglocken und die kalte Winterbergluft schwebten durchs geöffnete Fenster. Natalie hatte geträumt von jenem Tag im Juli, als sie Roman zum ersten Mal nach so langer Zeit wiedersah. Es war einer dieser Träume gewesen, die so real erschienen, dass sich die Wirklichkeit irgendwie verschob – oder auf verschiedenen Ebenen existierte.

Natalies Erinnerungen an jenen 18. Juli 1975 waren klar wie ein Bergbach. Doch sie liess sie für den Moment wie Nebelschwaden in die Schatzkammern ihrer inneren Festung zurückgleiten. Bei Kaffee und Gipfeli im Bett des gemütlichen und inzwischen vertrauten Zimmers zum Park war dies gar nicht so schwierig. Heute wollte sie einfach nur Klosters geniessen.

Gleich gegenüber vom Silvretta sah man den Älpeltispitz (gute 2600 m), der im Sommer einigermassen leicht zu bewandern war und eine prächtige Aussicht auf die Prättigauer und Davoser Berge und Täler bot. Heute war er strahlend weiss wie sein Nachbar, der Versitspitz. Im V-förmigen Tal dazwischen donnerten im Winter etliche Lawinen herunter. Für Natalie war das Bild dieser zwei Berge seit ihrer Jugendzeit der Inbegriff von Klosters.

Etwas weiter entfernt gen Norden war die Madrisa mit dem markanten Gipfel des Madrisahorns im Hintergrund. Österreich war sozusagen gleich dahinter. Roman hatte Natalie vor Jahren in einem Brief die Sage der Madrisa aufgeschrieben, die ihm sein Vater als Kind erzählt hatte:

Drüben auf den Saaser Alpen am Fuss des Madrisahornes hatte ein reicher Bauer eine Alp und schickte seinen Sohn hinauf, um dort im Winter mit den Kühen zu bleiben, solange der Heuvorrat reichte, so wie das noch heute vielfach geschieht.

Es verging eine lange Zeit, doch der junge Mann liess nichts von sich hören. Der Vater fürchtete, es möge ihm etwas Schlimmes begegnet sein, und machte sich bei tiefem Schnee auf, um nachzusehen. Er fand den Sohn mit der Sennerei beschäftigt und staunte über den reichen Vorrat an Milch, Butter und Käse, und über das stattliche Aussehen des Viehes. „Wie kommt es", fragte er, „dass die Kühe so glatt und schön sind und Milch geben wie im hohen Sommer?"

„Das macht meine Madrisa", sagte der Jüngling, „die hat Wurzeln und Kräuter gesucht, davon wird das Vieh so glatt und gibt so viel Milch." — „Wer ist das, deine Madrisa?" Der Bursch deutete in die halbgeöffnete Tür der Kammer; da lag auf dem Bette schlafend ein Mädchen von wunderbarer Schönheit, dessen helle Haare bis zur Erde herabfielen.

Ein Ruf des Erstaunens entfloh dem Vater. Das Mädchen erwachte, erhob sich und schritt auf die beiden zu: „Hättet ihr mich unbekannt und in Frieden gelassen, es wäre besser gewesen für euch und eure Herde.

Ungern kehre ich aus der warmen Hütte zurück zu Wald und Fels, aber ich muss."

Leichtfüssig schritt sie über den Schnee den Felsenhörnern zu, die heute ihren Namen tragen.

Roman hatte dazu erwähnt, dass die Liebe zwischen zwei Menschen eben nicht von Uneingeweihten gestört sein will. Natalie hatte diesen Kommentar auf ihre Mutter bezogen, die jahrelang versucht hatte, ihre Tochter zur Vernunft zu bringen. Trotz allem hatte Natalie die Liebe zu Mama nie verloren.

Es war höchste Zeit, das herrlich warme Bett zu verlassen, um dem strahlenden Wintertag gerecht zu werden. Natalie wollte heute jedoch nicht allzu viel unternehmen. Sie hatte gestern beim Schneeschuhlaufen auf der Madrisa wieder recht starkes Herzklopfen verspürt. Heute vielleicht bloss ein Spaziergang der Landquart entlang bis Aeuja und zurück. Und dann Kaffee und Kuchen bei der Bäckerei Kaffeeklatsch.

Aber morgen früh würde sie mit den Schneeschuhen zum Steinkreis wandern und das tun, was sie schon lange im Sinn gehabt hatte. Am frühen Nachmittag wollte sie wieder im Silvretta zurück sein, da Maja gegen Abend ankommen sollte.

«Hallo meine Liebe! Mit welchem Zug kommst du morgen eigentlich in Klosters an?» «Well, grüazi my friend! Soviel ich weiss, 15:58; also vier Uhr nachmittags. Ist das OK?»

«Ja natürlich, Maja. Dann hole ich dich vom Bahnhof ab. Ich werde am Morgen mit den Schneeschuhen von Monbiel zum Steinkreis wandern – ich habe dir ja schon davon erzählt – und sollte gegen 14 Uhr wieder im Hotel sein. Alles weitere morgen! Ich freue mich riesig!»
«Me too! Ciao bella, bis morgen!»

3

Freitag, 18. Juli 1975

Natalie und Roman hatten in der Brasserie Federal im Zürcher Hauptbahnhof in aller Ruhe ihr Cordon Bleu genossen, natürlich in Begleitung von einigen Stangen Bier: vom Berner Müntschi bis zum Appenzeller IPA. Es war köstlich, einfach so zusammen zu sein. Nach einem ausgelassenen Bummel am Uto Quai entlang und vielen zärtlichen Momenten im Gras bemerkte Roman so nebenbei:

«Meine liebe Bergfee, ich sehe Gewitterwolken aufziehen. Lass uns gehen. Unser Zug fährt zwar erst um halb acht, aber wir können ja noch ein Bier im Trockenen trinken. Und dann Klosters und das Silvretta! Es ist so lange her…»

Arm in Arm schlenderten die beiden zurück zum Bahnhof. Es wimmelte wie immer von Reisenden, die grünen SBB Züge kreischten, wenn sie einfuhren, und es roch nach Eisen und Zigarettenrauch und gegrillter Bratwurst. *Alles so banal,* dachte Natalie, die immer wieder Romans markantes Profil anschauen musste, *und doch ist es irgendwie magisch. Heute ist alles magisch.*

Natalie und Roman fuhren erster Klasse. Auch in der Rhätischen Bahn. «Es ist an der Zeit, dass ich dich verwöhne, sweetheart», meinte Roman. Noch immer konnte Natalie es nicht fassen, dass sie nun an Roman geschmiegt im Zug auf dem Weg nach Klosters waren. Den Zürichsee und den Walensee hatten sie längst hinter sich gelassen, und nun schlängelte sich die RhB von Landquart her das Prättigau hinauf.

Es war bereits dunkel draussen, die Lichter der kleinen Dörfer wie Seewis, Grüsch und Schiers huschten vorbei, aber Roman sah sie nicht. Seine Gedanken und sein Blick waren völlig von Natalie gefangen. *Stefanos, danke!* dachte er, *ohne deinen Rat und deine Weisheit wäre ich vielleicht nicht hier. Und ich muss hier sein, mit Natalie, das ist mir jetzt zutiefst in der Seele klar.*

«Habe ich dir eigentlich schon einmal gesagt, dass ich in diesen vergangenen fünf Jahren immer an dich gedacht habe, Natalie? Ja, ich wollte nach Kanada, Neues erfahren, lernen. Ich wollte aber auch den Weg bereiten für uns und unsere Aufgabe in diesem Leben.

Apropos: glaubst du eigentlich daran, dass es auch andere Wirklichkeiten gibt nebst diesem Leben hier? Ich meine, Zeit und Raum sind ja sowieso relativ, also könnten wir sozusagen gleichzeitig noch in anderen Welten oder Sphären existieren – was meinst du?» Diese Gedanken spiegelten natürlich teilweise Stefanos' Ideen wider, doch Roman und Stefanos hatten einen heiligen Eid abgelegt, dass Natalie nichts von der Zusammenkunft der beiden erfahren sollte.

Da waren sie wieder, die ausgefallenen Gedanken von Roman. Wie Natalie seine ungewöhnliche Art noch immer liebte. «Hmm, ich kann mir das zwar nicht wirklich vorstellen, aber es ist so vieles möglich in diesem Universum, was für unser kleines Menschengehirn unfassbar scheint – warum nicht? Woran denkst du?»

«Ich frage mich, ob ich dich auch anderswo, auf eine andere Art kenne. Mir scheint oft, dass du mir so vertraut bist, dass das unmöglich in unserer kurzen gemeinsamen Zeit entstanden sein kann. Wie wenn da noch ein anderes Leben existierte, in dem wir uns bereits kannten, aber es versteckt sich hinter einem Schleier… – ui, das war aber ein heftiger Donnerknall!»

Erst jetzt bemerkten Natalie und Roman, dass die Gewitter-Götter draussen mit genüsslicher Wucht kegelten, dass es in Strömen regnete und Blitze die Dunkelheit zerrissen. «Eine Sturm-Nacht!» sagte Roman, «Herrlich! Das passt doch zu unserem Wiedersehen, nicht wahr, meine Bergfee.» Roman hielt Natalies Hände mit seinen und blickte in ihre grünen Augen: «Ich liebe dich, Natalie. Und nichts und niemand wird dies je ändern können!»

Ein glückseliges, inneres Sprudeln verbreitete sich in Natalies ganzem Körper. Das Hinterfragen und die Tränen der letzten fünf Jahre flossen wie der Regen in die schäumende Landquart draussen. Deshalb hatte sie durchgehalten. Sie waren wieder zusammen und sie kehrten nach Klosters zurück, ins Hotel Silvretta, wo alles begonnen hatte. Und heiraten würden sie. Nach einem langen Kuss stand Roman auf, um zur Toilette zu gehen.

Natalie schaute aus dem Fenster, der Regen strömte herunter, aber alles was sie sah, war ihr eigenes Gesicht: leuchtend, glücklich, lächelnd.

Und dann – NICHTS.

4

Natalie wusste nicht, wie sie zu sich kam. Ob es nach Sekunden war oder nach Stunden. Auch später konnte sie nicht in Worten erklären, wie es sich angefühlt hatte. Es war nicht wirklich eine Dunkelheit, in die sie gefallen war. Es war ein komplettes Nichts. Jegliche Erinnerung ausradiert. Sie wusste nur, dass etwas passiert sein musste: der Zug fuhr nicht mehr, er ruckte ab und zu abrupt vorwärts und schien schief zu sein.

Ihr Kopf schmerzte und anscheinend hatte sie Nasenbluten. Das Licht flackerte im Zugswaggon, manchmal ging es aus und dann plötzlich wieder an. Draussen wütete noch immer das Gewitter, Regen peitschte gegen die Zugsfenster, und das gespenstische Licht der Blitze erweckte das Gefühl einer bizarren Science Fiction Show.

Wie in einem dunstigen Dusel schaute Natalie dem Regen zu, wie er an die Wagenfenster prasselte, die andauernd von gleissenden Blitzen erhellt wurden. Der

Donner krachte fast ununterbrochen und erbarmungslos wie die Salven einer Armee. Natalie hielt sich die Ohren mit ihren Händen zu. Erst jetzt merkte sie, dass sie am Boden sass. Um sie herum war ein chaotisches Durcheinander von Koffern, Handtaschen und Rucksäcken.

Panik erfasste sie. Roman! Wo war Roman?

Natalie erinnerte sich, dass er auf die Toilette gegangen war. Wo war die Toilette? Sie hatte ihm nachgeschaut, als er den Zugwagen Richtung vorne verliess, so musste sie sich im vorderen Teil befinden. Ein erneuter Ruck erschütterte den Zug und die erschreckten Passagiere um sie herum, als sie versuchte, aufzustehen. Irgend jemand half ihr auf die Beine, sie wusste nicht, wer es war. Ihr Fokus war einzig und allein beim Gedanken: *Ich muss Roman finden.*

Roman lag blutüberströmt im Gang zwischen den Sitzen. Ein älterer Herr mit einem Beret auf seinem runden Kopf kniete bei ihm. «Monsieur, Monsieur, kann isch Ihnen 'elfen? Parlez-vous français, Monsieur? Est-ce-que vous m'entendez?» Natalie stiess auf die beiden gerade als Roman ein leichtes Nicken mit seinem Kopf machte. Sie sank neben ihren zukünftigen Mann. «Roman! Roman! Erkennst du mich?»

Das Licht flackerte erneut – und ging aus. Natalie konnte nur beim Lichte der Blitze, die weiterhin ungerührt die Nacht durchrissen, etwas sehen. Der darauffolgende Donner krachte mit einer Wucht, die körperlich spürbar war. Sie streichelte Romans blutgetränktes Haar, während der Zug ruckte und hin und her schlenkerte. Jemand schrie: «Raus! Wir müssen alle raus! Jetzt!»

Natalie, der Herr mit der Baskenmütze und ein jüngerer Mann mit dicken Armen wie ein Holzfäller, hoben Roman so sanft wie möglich auf. Ein anderer Passagier hatte es trotz der hysterischen Verwirrung geschafft, die Tür zu öffnen, und gemeinsam gelang es ihnen, Roman nach draussen in die Sintflut zu tragen. Sie legten ihn auf einen Mantel, den einer der Engel des Zuges auf das nasse Gras gelegt hatte. Der Mann, der wie ein Holzfäller aussah, zog seine Lederjacke aus und deckte Roman zu.

Natalie kniete neben ihm, Regen und Tränen strömten ihr übers Gesicht. Romans haselnussbraune Augen waren offen, aber er konnte nicht sprechen. Er versuchte ein wenig zu lächeln, was Natalie im Moment alles gab, was sie brauchte. Sie bemerkte kaum, wie etliche Menschen bestürzt hin und her rannten, wie die Waggons des Expresszuges 91 in Erschütterungen ruckten und langsam immer mehr zur Landquart herunterrutschten. Das Gewitter tobte weiter, und der Regen strömte weiter auf die Passagiere, die alle verzweifelt auf Hilfe warteten. Einige von ihnen hatten es gewagt, zum Zug zurückzukehren, um all das Gepäck herauszuholen, das sie gefunden hatten. Eines dieser Stücke war Romans grosser roter Rucksack.

Es war vollkommen surreal, auch in Natalies Erinnerung.

5

Natalie führte kein Tagebuch wie Roman sein ganzes Leben lang. Doch in den folgenden Tagen musste sie schreiben. Es war der einzige Weg aus dem inneren Tumult.

20. Juli 1975

Vor zwei Tagen habe ich Roman nach fünf langen und manchmal einsamen Jahren wiedergesehen. Oh wie ausgelassen wir waren! Wie unsäglich glücklich, zusammen zu seine, nach Klosters zurückzukehren, wo wir uns vor sechs Jahren ineinander verliebt hatten. Und dann, nach unserer Hochzeit, würden wir nach Kanada fliegen und unseren Traum von einem einfachen Leben im Yukon Territory verwirklichen.

Tatsachen:

In 'Die Tat' gibt es heute einen kurzen Artikel mit Foto vom Unglück. Es sieht grauenhaft aus.

Wie die RhB nach dem Unglück bekannt gab, hatte in jener Nacht ein durch das heftige Gewitter angeschwollener Bergbach einen Teil der Eisenbahnschienen zwischen Fideris und Küblis weggeschwemmt. Unser Zug rasselte somit aus den Schienen – in die Hochwasser führende Landquart.

Die Lokomotive ist sofort in die Fluten der Landquart gestürzt, die Wagen ruckten langsam nach und hingen schief am Hang. Die Türen konnten zum Glück von Hand geöffnet werden. Die 16 Passagiere und der Zugführer konnten sich retten. Der Lockführer wurde erst später tot in der Lokomotive, die unter Wasser stand, aufgefunden.

Die Unglücksstelle war nahe der Landstrasse, die nach Klosters und Davos führt. Wie ich mich erinnere, hielten alle durchfahrenden Autos an. Ich wollte nicht auf Polizei oder Ambulanz warten und nahm das Angebot eines Einheimischen an, mitzufahren. Ich weiss seinen Namen nicht, auch an sein Gesicht kann ich mich überhaupt nicht erinnern. Nur an seine ruhige Prättigauer Stimme, die mir Trost zusprach.

Ich hatte Romans Kopf auf meinen Schoss gebettet, er atmete ruhig mit geschlossenen Augen. Als er sie kurz vor Klosters öffnete, war es mir, als ob er all seine Liebe und sein ganzes Wesen mit diesem Blick an mich weitergab. Dann brachen seine schönen Augen, und ich wusste, er hatte diese Welt verlassen.

Ich weiss nicht, wie ich damit umgehen kann, soll. Roman ist tot. Ich muss das so schreiben. Es gibt ihn nicht mehr, hier. Unser Daheim in Kanada wird nun nie unser Daheim werden. Unsere Pläne für Permakultur, ein einfaches Leben in und mit der Natur – alles dahin, von diesem schrecklichen Moment verschluckt, auf den niemand von uns vorbereitet ist.

Es kann nicht sein. Es kann einfach nicht wahr sein. Ich meinte, ich sehe ihn jede Minute ins

Zimmer hier im Silvretta hereinkommen. Wenn sich die Tür öffnet, denke ich, das muss er sein. Ich sehe sein schiefes Halblächeln, seine linke Hand, die eine Strähne seines langen Haares zurückstreicht. Ich spüre seine starken Arme, die mich halten. Und ich höre seine sonore Stimme mit dem melodischen Bündner Dialekt, die mir sagt, dass alles nur ein furchtbarer Albtraum gewesen ist. Dass alles wieder gut ist.

Aber es ist nicht so. Roman ist tot. Ich werde ihn in diesem Leben nie mehr sehen. Nur in meinen Träumen… Maja ist hier, zum Glück. Und trotzdem, ich fühle mich ohne Grund und Boden, ohne jegliche Perspektive. Da ist ein stechender Schmerz in mir drin, aber ich bin gefühllos, ausgelaugt, kalt.

Maja kam bereits am nächsten Tag, also gestern. Papi nahm sie mit dem Auto mit. Beide sind hier im Hotel. So bin ich nicht alleine. Aber ich bin es trotzdem. Ich möchte schreien, aber ich bin zu erschöpft. Sie haben mir gesagt, dass Romans

Körper in einem Kühlraum im Spital Schiers aufbewahrt wird. In ein paar Tagen wird er in Chur kremiert. Ich kann nicht daran denken. Ich will nicht daran denken. Es kann einfach nicht wahr sein!

Ich wünschte, Stefanos wäre hier. Ich muss irgendwie mit ihm reden. Er wäre der Einzige, der in dieser ganzen unsinnigen Sache vielleicht eine Bedeutung erkennen oder eine Erklärung finden könnte.

Sie haben mir Romans Rucksack gebracht; seine Notizbücher sind alle dort. Ich kann sie mir nicht ansehen.

Ich geh jetzt runter in die Bar mit Maja und Papi zu einem Glas Whisky. Oder zwei.

6

Am 30. Juli, 12 Tage nach dem Zugsunglück, war die Abdankungsfeier in Sent. Zum ersten Mal trafen sich Natalie und Anna, Romans Mutter. «Ich hätte dich gerne noch zu Romans Lebzeiten kennengelernt…» brachte Anna mühsam unter Schluchzen, doch mit einem kleinen Lächeln hervor. Auf einer steilen Anhöhe über dem Dorf überliessen die zwei ungleichen Frauen zusammen, Hand in Hand, einen Teil von Romans Asche dem Wind.

Dann hielt Anna Natalie mit beiden Händen eine kleine, kunstvolle, handgeschnitzte Holztruhe hin. «Das ist für dich Natalie, damit du auch einen Teil seiner Asche hast.» In den Augen der kleinen, stämmigen Frau war so viel Trauer und Güte, und der Blick erinnerte Natalie so sehr an Roman, dass sie grosse Mühe hatte, den Klos in ihrem Hals herunterzuschlucken. Die beiden Frauen, die sich noch nie zuvor gesehen hatten, umarmten sich wie lebenslange Freundinnen.

Maja und Margo, Papi und Mama, Dumeng natürlich, Romans engster Freund, sogar Gino, Romans damaliger Kellner-Kollege, die Roccos vom Silvretta in Klosters und viele Freunde und Verwandte der Camenischs, die Natalie nicht kannte, standen schweigend im Gras. Sonne, Wind und Tränen begleiteten Romans Asche in den Odem des Universums. Und wie aus weiter Ferne, und doch nahe, erklang leise das Lied *Gethsemane* aus Jesus Christ Superstar. Roman hatte Natalie einmal geschrieben, dass ihn diese Musik tief berührte. Und Maja hatte das gewusst.

Natalie, ihre Familie und Maja fuhren erst am nächsten Tag zurück nach Klosters. Die grossartige Landschaft auf der Fahrt über den Flüela Pass war für Natalie wie eine unwirkliche Szenerie, eine schöne Kulisse. Sie lehnte sich an Maja und schloss die Augen. Sie hielt an der schönen Holzkiste mit Romans kostbarer Asche fest. Er war es nicht, das wusste sie natürlich. Aber es war etwas von ihm, das sie festhalten konnte. *Ich weiss nicht, wie ich das durchstehen werde*, dachte sie in einem Dunst von Kummer und anhaltendem Unglauben. *Ich weiss einfach nicht wie, Roman. Ich weiss nicht wie.*

Als sie sie wieder öffnete, parkierte Papi seinen neusten Chrysler eben vor dem Silvretta in Klosters. Davor stand ein Mann im weissen Baumwollhemd, das sein bronzenes Gesicht und seine azurblauen Augen leuchten liess. Natalie würde nie erfahren, wer Stefanos benachrichtigt hatte, und wie und wann. Natalie stolperte aus dem Auto und fiel in seine Arme und endlich, endlich konnte sie ihren Tränen vollen Lauf lassen.

«Agapiméni mou!»

7

2022

Es war noch früh am Morgen. Im Schein des abnehmenden Mondes glitzerten die Berge wie Silber. Es war Montag, 21. Februar 2022, und Natalie lag im Bett in ihrem Zimmer zum Park im Silvretta. Sie hatte nicht gut geschlafen. Heute wollte sie Romans Asche und das geflochtene Lederarmband, das er ihr im August 1969 geschenkt hatte, zum Steinkreis bringen. Die Erinnerung an das Zugsunglück und den so plötzlichen Tod von Roman war wieder so klar, dass die Tränen hinter ihren Augenlidern brannten.

Sie war sich sicher, dass sie damals ohne Stefanos' Hilfe den Weg zurück ins Leben nicht gefunden hätte. Seine überraschende Ankunft in Klosters war wie ein solides Seil über dem Abgrund gewesen, an dem er sie hochgezogen hatte. Oder vielleicht sogar eine Hängebrücke, über die sie diesen unbarmherzigen Abgrund überqueren konnte.

Fünf Tage später war ich bereits mit Stefanos auf dem Weg nach Nisyros, erinnerte sich Natalie, es war das einzig Richtige. Und obwohl ich damals ja keine Ahnung hatte, dass Roman vor so kurzer Zeit mehrere Wochen bei ihm gewesen war, empfand ich seine Nähe unmittelbar. Und jetzt verstehe ich auch warum. Roman war da, mit mir, um mich herum, in mir drinnen. Es war manchmal ein wenig beunruhigend, aber ich gab mich einfach diesem warmen, vertrauten Gefühl von ihm hin.

Stefanos, ach du geliebter, weiser Mann! Du hast mich weinen lassen und schluchzen und stöhnen. Du hast mich immer mit deinem offenen Herzen, das doch – wie ich jetzt weiss! – auch gebrochen war, gehalten und getröstet. Du hast mit mir stundenlang gesprochen und mich stundenlang reden lassen. In den ersten Tagen hatte ich mich abends in mein hübsches, weiss getünchtes Zimmer verkrochen, unter der türkisfarbenen, handgewobenen Baumwolldecke. Du hast mich dort in Ruhe gelassen bis die Sonne unterging. Und dann hast du mich mit starken, sanften Armen geholt und mich auf der Veranda mit Souvlaki gefüttert und rotem Wein.

Du hast mir gesagt, dass Energie in diesem Universum nie verloren gehen kann. Und dass wir alle schlussendlich pure Energie sind. Somit ist Romans energetisches Wesen hier, irgendwo, irgendwie. Seine Aufgabe in dieser Wirklichkeit war erfüllt, hast du erwähnt. Auch wenn seine und meine Zukunft in Kanada nicht in diesem Sinne zustande kam. Liebe ist Liebe. Diese Kraft wird immer da sein. Es kommt nicht darauf an, ob die Person hier in dieser Wirklichkeit existiert. Es kommt darauf an, dass wir Liebe <u>sind</u>, uneigennützig, wohlwollend und verantwortungsvoll. Du hast mir das vor langer, langer Zeit bereits erklärt.

Efcharistó, Stefanos! Ich verdanke dir mein Leben und mein Verständnis des Lebens. Und jetzt, da ich weiss, dass Roman auch bei dir war, schliesst sich der Kreis.

* * *

Natalie stand auf und bestellte ihr Frühstück. Ein starker Kaffee würde ihr gut tun. Sechs Monate war sie damals bei Stefanos geblieben. In ihrer Erinnerung waren es ein paar Tage, vorwiegend in azurblau, geschmückt mit rosa Bougainvillea und in der Geborgenheit von Stefanos' Liebe. Nie würde sie seinen hüpfenden, silbergrauen Schnurrbart im dunklen, runzligen Gesicht und sein schallendes Lachen vergessen. Sie war seither viele Male nach Nisyros zurückgekehrt, bevor auch er vor vielen Jahren starb. Natalie trug die Liebe Romans und Stefanos als kostbare Erinnerungen an die Mysterien in sich. Und als innere Zuflucht, zu der sie jederzeit zurückkehren konnte. Wie glücklich sie sich fühlte. Wie privilegiert.

Der kleine, freundliche, blonde Kellner brachte ihren Kaffee mit Gipfeli, und sie schenkte ihm ein Lächeln. Gestärkt, warm angezogen, mit Rucksack und Schneeschuhen ausgerüstet, machte Natalie sich bereits um viertel vor neun Uhr auf den Weg zur Postauto-Haltestelle.

8

Es war kalt in Monbiel, weil die Sonne so früh noch nicht hoch genug stand, um ins Tal zu gelangen. *Auch in mir drin ist es kalt,* dachte Natalie, *wie wenn ich vor einem grossen Abschied stünde.* Sie bemerkte kaum, dass die Bäume ein prächtiges Glitzerkleid von Eiskristallen trugen.

Natalie hatte die junge Landquart über das Pardenner Brüggli überquert und war nun auf dem Weg zu jener Wiese, auf der Roman sie zum ersten Mal geküsst hatte. Ihr Aufschluchzen erschreckte zwei Rehe, die durch den hohen Schnee davonstoben. «Sorry, my friends», sagte sie instinktiv.

Da war er, Juan Rios' Steinkreis des Wassers. Damals, im 1969 existierte er noch nicht. Natalie wusste, dass schräg gegenüber auf der rechten Flussseite, auf dem Pardenner Hexenbödeli, der Feuerkreis stand. Juan Rios hatte einmal gesagt, '...*der Steinkreis ist ein Versuch, eine Brücke zwischen uns und unserer anderen Realität zu schlagen.*'

Ja, dachte Natalie, *das versuche ich heute tatsächlich.* Sie hatte eine Wolldecke mitgebracht, die sie nun vor einen der acht Steine auf den Schnee legte. Die subtilen Malereien auf den Steinen waren teilweise noch sichtbar: Spiralen, Kreise, Dreiecke. Natalie hatte das Gefühl, in eine andere Welt eingetreten zu sein. Wie wenn diese Realität tatsächlich nur eine von vielen wäre. Stefanos hatte immer wieder angedeutet, dass hinter der Fassade dieser Welt noch andere Dimensionen existierten. Sogar Roman hatte im Juli 1975 auf jener fatalen Zugfahrt von 'anderen Sphären' gesprochen.

Auf der Wolldecke sitzend packte Natalie das Lederarmband und das exquisite Holzkästchen mit Romans Asche aus. Sie hielt beides eine Weile in ihren Händen, durchdrungen von Gefühlen, die von tiefster Traurigkeit über erstaunte Verwunderung bis zu grenzenloser Dankbarkeit reichten.

«Danke Roman», sagte sie leise, «für deine Liebe. Du warst, bist und wirst immer ein Teil von mir sein. Und danke Stefanos, für deine Begleitung in Güte und Weisheit von uns beiden.»

Natalie stand auf, liess den Rucksack auf der Decke, und ging auf Schneeschuhen bis zur Uferböschung der Landquart. Sie öffnete das Kästchen und mit einem einzigen Schwung überliess sie Romans Asche der leichten Winterbrise. Romans Überreste schwebten wie schwerelos davon, zum Teil legten sie sich in den Schnee oder setzten sich leicht auf die Wasseroberfläche der Landquart.

Es war getan.

Das Lederarmband mit den Glasperlen war noch in ihrer linken Hand, als sie sich erneut auf der Wolldecke niederliess und an den grossen Stein im Kreise der andern anlehnte. Sie trank einen Schluck heissen Kräutertee, den sie im Thermoskrug mitgebracht hatte. Ganz leise schien sie Stefanos' geliebte Stimme zu hören: «Agapiméni mou.»

Ihr Herzschlag war schnell, als ob sie eine Anstrengung hinter sich hätte. Nur kurz verspürte sie einen stechenden Schmerz und griff automatisch mit ihrer rechten Hand ans Herz. Dann schienen die Fichten und Juan Rios' Steine wie in einem hellen, glitzernden Nebel zu verblassen. Das Rauschen der Landquart war verstummt.

Nach und nach glaubte sie, eine Figur aus dem Nebel heraustreten zu sehen. Er war gross, das lange, kastanienbraune Haar fiel auf seine breiten Schultern, und ein halb-schiefes Lächeln spielte um seinen hübschen Mund. Roman.

Natalie konnte ihn nicht klar sehen, alles war so hell um sie beide herum. Sie stand auf und nahm seine ausgestreckte Hand in ihre. Sie war wieder jung und trug das hübsche, geblümte Sommerkleid von damals. In der linken Hand hielt sie sein Lederarmband. Roman nahm sie in seine Arme.

Das Licht wurde heller.
Und heller.
Und heller.

9

Maja, ihre nunmehr weissen Haare in einem Knoten hochgesteckt, traf wie geplant am 21. Februar 2022 um 15:58 in Klosters Platz ein. Sie liebte das Gefühl des Ankommens an einem anderen Ort. *Ja,* dachte sie, *Klosters ist wirklich märchenhaft schön.* Es hatte einige Leute in Skianzügen am Bahnhof, doch sie konnte Natalie nicht erblicken. Als ihre Freundin um viertel nach vier noch immer nicht da war, holte sie ihr Handy hervor. Keine Antwort.

Im Parkhotel Silvretta angekommen, fragte sie an der Réception nach Natalie. Anja, die freundliche, schwarzhaarige junge Dame wusste lediglich, dass Natalie reichlich früh am Morgen weggegangen war. Auf Majas Vorschlag holte sie Christian Erpenbeck, den Direktor und Besitzer. Mit einem freundlichen Lächeln aus seinen grauen Augen begrüsste er Maja.

«Wir gehen ins Zimmer hoch und sehen nach, Frau Rim.» Mit seinen langen Beinen war er im Nu die Treppe hochgestiegen, Maja folgte fast so schnell. Christian

Erpenbeck öffnete die Tür von # 408, das Zimmer zum Park, wie er es nannte, mit seinem Passepartout. Maja sah Natalies Sachen, eine Menge Notizbücher, die von Roman sein mussten – aber Natalie war nicht da.

«Sie wollte zum Steinkreis hinter Monbiel – vielleicht ist ihr etwas zugestossen.» Maja war bereits in Gedanken daran, eine Suchaktion zu planen. «Wir fahren mit meinem Auto sofort nach Monbiel», sagte ihr Gegenüber. «Keine Sorge, wir werden sie finden.»

Es wurde bereits langsam dunkel. Mit Christian Erpenbecks Allrad-Fahrzeug waren sie in einer Viertelstunde in Monbiel, von wo er weiter bis zur Abzweigung nach Garfiun fuhr. Er hatte Schneeschuhe und zwei einheimische Freunde organisiert. Über das Pardenner Brüggli – und schon sahen sie ganz klar Natalies Schneeschuhspur. Sie führte zum Steinkreis, und nicht zurück.

Maja wollte zuerst hingehen, und die anderen liessen sie. Sie sah Natalie sofort, an einen der grossen Steine gelehnt, der Kopf war auf die linke Seite heruntergerutscht. Maja hatte keine Gedanken – sie wusste in ihrem Herzen, dass Natalie tot war. Sie kniete in den Schnee neben ihrer Freundin, erblickte den Rucksack, den Thermoskrug und das offene, leere Holzkästchen.

«My beloved friend», sprach sie leise zu der stillen Person auf der Wolldecke, «you did it. You let him go – and through letting him go, you found him.»

Epilog

Drei Monate später sass Maja im gleichen Steinkreis mit Natalies Asche und Romans Notizbüchern. Das Lederarmband, von dem Natalie oft gesprochen hatte, blieb verschwunden.

Nach einigen stillen Momenten des Nachdenkens und ungezählten Erinnerungen, die hochkamen, stand Maja auf.

«Obwohl ich hier im Wasserkreis bin, übergebe ich diese Tagebücher dem Feuer», sprach sie laut zu den Steinen. Romans Notizbüchlein brannten und verglühten, eines nach dem anderen. Es war ein milder Mai-Abend, die Weiden am Ufer der Landquart hatten bereits junge, hellgrüne Blätter. Maja vermischte die Asche der Notizbücher im Tonkrug mit derjenigen von Natalie, und nun trug der Wind sie über das Wasser und die Wiesen.

Dann sprach Maja laut die letzten Worte, die Stefanos vor seinem Tod an Natalie geschrieben hatte:

... Denke daran, agapiméni mou, dass alles im Leben, vor allem auch Tod, Tragik und Ungerechtigkeit, den Anschein von Wirklichkeit haben. Aber es ist nicht Realität. Es sind Geschichten, die wir uns erzählen. Das wirkliche Leben ist hinter der Kulisse, dort wo es weder Zeit noch Raum gibt. Und dort bist du immer mit Roman vereint...

Den Kreis schliessend rezitierte sie eines ihrer eigenen Gedichte in ihrer leisen, melodiösen Stimme:

At the end

At the end of my days
I want to say
that I have lived it all

That I was maiden and mother and crone

That I was rosebush
and pine tree
and the lily in the field

That I was wild strawberry
on a child's tongue
nectar of lilac
luring the honey bee
and the lover in your dreams

Ah, and that I was the honey bee, too
and the wolf, stalking the caribou
and the caribou, being hunted

That I've tasted joy and despair and everything in between

When the end is here
I want to say
that I have lived it all

And the mist rolls in from the river
enfolding me in sweet silence

GANZ HERZLICHEN DANK!

Ohne EUCH wäre das Buch nicht zustande gekommen:

Esther und Reto Hubli - Meine Freunde, die voller Elan und Kompetenz diese Geschichte lektoriert haben.

Doris Kara - meine Schwester, die liebenswürdigerweise das Korrektorat übernommen hat, um die kleinen Fehler, die sich so gerne einschleichen, auszumerzen.

Urs Heinz Aerni - Journalist und Zauberer des geschriebenen Wortes, der mich auf meinen Weg geleitet hat.

Christian Erpenbeck - Direktor und Besitzer des Silvretta Parkhotels, der mir das ganze Hotel gezeigt und die Geschichte vom alten Hotel Silvretta bis zum heutigen Silvretta Parkhotel erzählt hat – und der den Titel *Das Zimmer zum Park* vorgeschlagen hat.

Dr. Jürg Stahel – Freund und Kenner der Gegend um Klosters, der mich in die hiesigen Mythen eingeführt und mir den Weg zu Juan Rios' Steinkreisen gewiesen hat.

Dr. Christoph Luzi - Projekt Manager von 800 Jahre Klosters, der mir liebenswürdigerweise verschiedentliche Ressourcen über die Geschichte von Klosters bereitgestellt hat.

Yvonne Dünser - Mediensprecherin der Rhätische Bahn, die mir gefälligerweise Informationen und Fotos zum Zugsunglück 1975 zur Verfügung gestellt hat.

Familie Rocco - Die Töchter des ehemaligen Besitzers und Direktors des Hotel Silvretta, Giorgio Rocco, haben mir freundlicherweise erlaubt, den Namen ihres Vaters in meiner Geschichte zu verwenden.

Und natürlich tiefe Dankbarkeit an Maja und Stefanos…
– Efcharistó!

Das Gedicht *Stufen* von Hermann Hesse wurde mit freundlicher Genehmigung vom Suhrkamp Verlag Berlin hier wiedergegeben.

229

Evelyn Kaltenbach, ist 1954 in Basel, Schweiz, geboren und 27 Jahre später nach Kanada immigriert. Ihre Arbeit hat sie an verschiedene Orte geführt: Hotels und Lodges, Schuldirektionen, einem Krankenschwestern-Verein und einem Wildpark.

Seit ihrer Kindheit hat sie viel gelesen und bereits in ihrer Jugend hat sie begonnen, Tagebücher, Gedichte und Kurzgeschichten zu schreiben. *Das Zimmer zum Park* ist ihr zweiter Roman.

Evelyn hat eine Tochter, zwei Söhne und zwei Enkel, die alle in Kanada zuhause sind.

Sie ist in Klosters im Prättigau, Schweiz, und an der Westküste von Kanada zuhause.

www.ingramcontent.com/pod-product-compliance
Lightning Source LLC
Chambersburg PA
CBHW020401030726
47496CB00007B/2241